Animal Farm

푸 른 숲
징 검 다 리
클 래 식
0 3 2

동물 농장

Animal Farm

조지 오웰 지음
김욱동 옮김

푸른숲주니어

'푸른숲 징검다리 클래식'을 펴내며

어린 시절, 할머니께서 조근조근 들려주시던 옛날이야기는 새로운 세상과 통하는 작은 창이었다. 상상의 날개를 달고 떠나는 창 너머 세상으로의 여행은 들어도 들어도 질리지 않는 재미와 마음속 깊은 곳을 울리는 감동을 선사해 주곤 했다. 그뿐 아니라 우리의 삶을 어떻게 꾸려 가야 하는지 곰곰이 생각해 보게 하는 지혜를 가르쳐 주었다. 말하자면 우리는 그 이야기들을 통해 '삶'을 배운 셈이다.

우리가 문학 작품을 읽어야 하는 까닭 또한 '삶을 배운다'는 점에서 크게 다르지 않다. 우리는 한 편 한 편의 문학 작품을 만나 사랑을 배우고, 우정을 배우고, 진실을 배우고, 지혜를 배운다.

그런 점에서 '푸른숲 징검다리 클래식'은 참 의미가 깊다. 오랜 세월을 거치며 각 나라의 문학사에 확고히 자리매김한 작품들을 한데 모았기 때문이다. 문학을 사랑하는 사람들이 즐겨 읽어 세계적인 명저로 일컬어지는 작품들…… 이를테면 우리 부모 세대, 아니 그 이전 세대부터 즐겨 읽었던 작품들로 많은 이들에게 삶의 의미와 가치를 일러주고, 또 '인생'이란 망망대해에서 등대 역할을 담당했던 것들이다.

세월이 흘러 사람들이 사는 모습도 달라지고 생각도 달라졌다. 그러나 시대와 장소를 뛰어넘어 변하지 않는 것이 있다. 바로 '삶'이다. 사람이 있는 곳이라면 어디든지 존재하는 삶은 항상 저마다의 무게를 떠안고 있다. 그 무게는 진실이라는 옷을 입고 문학 작품 속에 영원한 생명을 불어넣는다. 우리는 그것을 '고전'이라 부른다.

그러나 제아무리 훌륭한 고전이라 해도 독자가 읽고 소화할 수 없다면 아무런 소용이 없다. 지나치게 방대한 분량과 길고 어려운 문장은 책을 읽으려는 청소년들의 의지를 꺾을 뿐 아니라 좌절감마저 불러일으킨다.

'푸른숲 징검다리 클래식'은 바로 그러한 점을 염두에 두고 기획된 세계 명작 시리즈이다. 작품이 본디 지닌 맛과 재미를 고스란히 살리면서 우리 청소년들이 읽고 소화하기 쉽게 글을 다듬었다.

그리고 본문 뒤에는 현직 국어 교사들이 직접 쓴 해설을 붙였다. 작가나 작품에 대한 풍부한 설명은 물론, 그 작품들이 지니고 있는 현재적 의미까지 상세하게 짚어 보이고 있다. 아울러 해설 곳곳에 관련 정보를 담은 팁과 시각 자료를 배치해, 읽는 재미를 넘어 보는 재미까지 만끽할 수 있도록 했다.

아무쪼록 '푸른숲 징검다리 클래식'을 통해 우리 청소년들의 삶이 더욱더 깊고 풍성해지기를…….

2006년 4월
기획위원 강혜원·계득성·전종옥·송수진

| 차례 |

기획위원의 말 004

제 1 장

메이저 영감의 꿈

그날 밤, 장원(중세 유럽 봉건 제도에서의 토지 소유 형태로, 귀족이나 사원에 딸린 토지를 말한다.─옮긴이) 농장의 주인 존스는 평소와 다름없이 닭장 문을 걸어 잠갔다. 그런데 술에 너무 취한 나머지 쪽문 닫는 것을 깜박 잊고 말았다. 그가 비틀거리며 마당을 가로질러 걸어가자, 손에 든 등불에서 흘러나오는 동그란 불빛도 걸음걸이에 맞추어 이리저리 흔들거렸다.

그는 뒷문으로 들어가 장화를 걷어차듯 벗어 던졌다. 그러고는 부엌에 있는 맥주 통에서 맥주 한 잔을 따라 단숨에 들이켠 뒤 천천히 침대로 향했다. 침대에는 그의 아내가 벌써부터 코를 드르렁 골며 잠을 자고 있었다.

침실의 불이 꺼지자마자 갑자기 농장 여기저기서 부스럭거리는 소리와 날개를 푸드덕거리는 소리가 났다. 품평회에서 입상한 경력이 있는 미들 화이트종(영국 오크셔 지방이 원산지인 요크셔종 돼지 중 중간 크기인 돼지를 달리 이르는 말―옮긴이)의 흰 수퇘지 메이저 영감이 간밤에 이상한 꿈을 꾸었는데, 그 꿈 이야기를 다른 동물들에게 들려주고 싶어 한다는 소문이 낮 동안 온 농장에 쫙 퍼졌기 때문이다. 그래서 존스가 잠이 들고 나면 모두들 헛간으로 모이자고 약속했다.

메이저 영감은 품평회에 나갈 때는 '윌링던 뷰티'라는 이름을 썼지만, 평소에는 누구나 '메이저'라 불렀다. 그는 이 농장에서 가장 존경받는 인사였다. 따라서 이 영감의 이야기를 듣기 위해서라면 한 시간 정도 잠을 덜 자는 것쯤은 누구나 기꺼이 감수할 터였다.

널찍한 헛간 한쪽 끄트머리에는 짚더미를 깔아 놓은 제법 높다란 연단이 있었는데, 그 위에 메이저 영감이 편안한 자세로 자리를 잡고 앉아 있었다. 대들보에 매달린 등불이 연단 위로 환하게 불을 밝히고 있었다. 올해 열두 살인 메이저 영감은 요즘 들어 몸집이 꽤 불었지만 풍채는 여전히 당당했다. 지금까지 한 번도 송곳니를 자른 적이 없는데도 현명하고 인자해 보였다.

곧 동물들이 하나둘 모여들면서 저마다 편하게 자리를 잡아 앉았다. 맨 먼저 들어온 것은 블루벨과 제시, 핀처라는 개들이었다. 그들에 이어 돼지들이 들어와 연단 바로 앞쪽 짚자리에 앉았다. 암탉들은 창틀 위에 올라가 앉았고, 비둘기들은 푸드득거리며 서까래 위에 내려앉았다. 양들과 암소들은 돼지 뒤쪽에 앉아서 되새김질을 하기 시작했다.

마차를 끄는 말인 클로버와 복서도 느릿느릿 걸어 들어왔다. 그들은 혹시라도 짚 속에 숨어 있는 작은 동물들을 밟을세라 털이 덥수룩한 큼직한 발굽을 조심스레 떼어 놓았다. 클로버는 중년에 접어든 뚱뚱한 암말이었는데, 네 번째 출산을 한 뒤로는 예전의 모습을 되찾지 못하고 있었다.

복서는 몸집이 엄청나게 크고 키가 열여덟 뼘이나 되었다. 게다가 말 두 마리를 합쳐 놓은 것만큼이나 힘이 셌다. 그는 코 밑에 있는 흰 줄무늬 때문인지는 몰라도, 어쩐지 조금은 미련스럽게 보이는 인상이었다. 사실 머리가 썩 좋다고 할 수는 없었다. 그러나 워낙 성실한 데다가 일을 할 때 엄청난 힘을 발휘하는 덕분에 농장의 동물들에게 널리 존경받고 있었다.

말들의 뒤를 이어 흰 염소 뮤리얼과 당나귀 벤저민이 들어왔다. 이 농장에서 가장 나이가 많은 벤저민은 고약스런 성미로 유명했다. 좀체 말이 없는 편이었지만, 입을 열었다 하면 대개는 빈정거리는 투였다. 예를 들어, 하느님이 파리를 쫓으라고 자신에게 꼬리를 준 모양이지만, 애초에 파리도 없고 꼬리도 없었더라면 더 좋았을 것이라는 식이었다.

벤저민은 농장의 동물 중에서 유일하게 절대 웃지 않는 동물이었다. 왜 웃지 않느냐고 물으면, 웃을 만한 일이 없어서라고 대답하기 일쑤였다. 그런데 내놓고 표현하지는 않았지만, 복서에게만큼은 헌신적인 태도를 보였다. 둘은 일요일이면 언제나 과수원 너머 작은 방목장으로 가서 말없이 풀을 뜯어 먹으며 함께 시간을 보내곤 했다.

복서와 클로버가 막 자리를 잡았을 때, 어미를 잃은 새끼 오리 한 무리가 줄을 지어 헛간 안으로 들어왔다. 새끼 오리들은 가냘픈 소리로 꽥꽥 울어 대면서 밟히지 않을 만한 자리를 찾아 이리저리 돌아다녔다. 그러다 클로버가 큼직한 앞다리로 둥그렇게 울타리를 만들어 주자, 그 안으로 들어가 옹기종기 모여 앉았더니 이내 잠이 들어 버렸다.

마지막으로 존스의 경마차를 끄는, 예쁘장하게 생겼으나 멍청하기 짝이 없는 흰 암말 몰리가 도착했다. 그녀는 각설탕을 우물거리면서 뽐내는 듯한 걸음걸이로 사뿐사뿐 들어왔다. 그러고는 앞쪽에 자리를 잡고 앉아 갈기를 흔들어 댔다. 흰 갈기에 땋아 늘인 붉은색 리본을 자랑하고 싶어서였다.

맨 마지막으로 들어온 것은 고양이였다. 그녀는 여느 때처럼 가장 따뜻한 자리를 찾아 사방을 할금거리다가, 염치없게도 복서와 클로버 사이로 비집고 들어갔다. 그러고는 메이저 영감의 연설은 한마디도 듣지 않은 채 내내 기분 좋은 듯 나지막이 가르렁거렸다.

이리하여 뒷문 쪽 횃대 위에 앉아 잠을 자고 있는 길들인 까마귀 모지스를 제외하고는 동물들이 모두 참석했다. 모두들 저마다 편하게 앉았지만, 표정에서는 도대체 무슨 일인가 하는 호기심을 감추지 못한 채 침을 삼키며 기다렸다. 메이저 영감이 그 모습을 보며 조심스럽게 목청을 가다듬은 뒤 입을 열었다.

"동무들, 어젯밤에 내가 이상한 꿈을 꾸었다는 얘기를 이미 들었을 거요. 하지만 꿈 이야기는 나중에 하기로 하고, 그보다 먼저 다른 얘기를 할까 하오. 동무들, 여러분과 함께 이렇게 지낼 수 있는 시간도 이제 얼마 남지 않은 것 같소. 그래서 죽기 전에 그동안 내가 터득한 지혜를 여러분에게 전하는 것이 의무라고 생각하게 됐소.

나는 오래 살았소이다. 그만큼 돼지우리에 누워 이것저것 생각할 시간도 많았다는 거지요. 덕분에 지금 살아 있는 어떤 동물보다도 이 지상에서 살아간다는 것이 어떤 의미인지 잘 알고 있다고 감히 확신할 수 있소. 내가 오늘 여러분에게 말하려고 하는 바도 바로 이 문제에 관한 것이오.

자, 동무들, 지금 우리의 삶은 과연 어떻소이까? 현실을 직시해 봅시다. 우리의 삶은 비참하고 고통스러우며 너무나 짧아요. 우리는 이 세상에 태어나 겨우 목숨을 부지할 정도의 먹이만을 받아먹고 있소. 일할 수 있는 동물들은 마지막까지 혹사를 당하다가, 쓸모없다고 여겨지는 바로 그 순간 끔찍하고 잔인하게 도살을 당하지요.

영국에 사는 동물들은 누구나 태어난 지 일 년이 지나면 행복이나 여가라는 것이 도대체 어떤 의미인지 모르고 살아가게 되오. 또 영국에 사는 그 어떤 동물도 자유란 것을 제대로 누리지 못하고 있지요. 우리는 살아 있는 내내 비참한 노예 생활을 한다는 말입니다. 이는 명명백백한 사실이오.

단순히 자연 법칙이 그러하기 때문에 우리가 그렇게 살아야 하는 것이겠소? 아니면 우리가 살고 있는 이 땅이 너무나 척박하여, 이곳에 사는 것들에게 풍요로운 삶을 보장해 줄 수 없기 때문에 그런 것이겠소?

아닙니다, 아니지요. 동무들, 절대로 그렇지 않소이다! 우리 영국은 땅이 기름질 뿐만 아니라 기후도 따뜻해서, 동물의 수가 지금보다 훨씬 많아지더라도 얼마든지 먹고살 수 있소. 이 농장만 해도 말 열두 마리와 암소 스무 마리, 그리고 양 수백 마리를 먹여 살릴 수 있지요. 우리가 상상하는 것 이상으로 우리 모두는 편안하고 품위 있는 생활을 누릴 수 있는 것입니다.

그런데 무엇 때문에 우리는 이처럼 비참한 생활을 계속해야 하는 걸까요? 그것은 우리가 힘들여 생산한 것을 인간이 모두 빼앗아 가기 때문입니다. 동무들, 우리가 안고 있는 모든 문제에 대한 답이 바로 여기에 있소. 한마디로 간단하게 요약하자면 바로 '인간'이오. 인간이야말로 우리의 유일하고 진정한 적입니다. 인간을 이 농장에서 몰아내기만 하면 굶주림과 고된 노동의 근본적인 원인이 영원히 사라지게 되는 것이오.

인간은 생산은 하지 않으면서 소비만 하는 유일한 동물입니다. 젖을 만들어 내지도 못하고 알을 낳지도 못하지요. 힘이 없어서 쟁기도 끌지 못할뿐더러 토끼를 잡을 수 있을 만큼 빨리 달리지도 못합니다. 그런데도 그들은 동물 위에서 군림하고 있소. 그들은 동물을 부려 먹을 대로 부려 먹으면서 먹이는 굶어죽지 않을 만큼만 주고, 나머지는 모두 자신들이 독차지하지요.

우리의 노동력으로 땅을 갈고 우리의 똥으로 땅을 기름지게 하지만, 우리에게는 벌거숭이 몸뚱이 말고는 아무것도 남는 게 없소. 지금 내 앞에 앉아 있는 암소 여러분, 지난 한 해 동안 여러분이 짜낸 젖이 몇 천 리터요? 여러분의 송아지를 튼튼하게 기르는 데 쓰였어야 할 그 젖이 도대체 어떻게 됐소이까? 마지막 한 방울까지 남김없이 우리 적들의 목구멍으로 넘어갔습니다.

암탉 여러분, 한 해 동안 여러분이 낳은 그 무수한 알 중에서 병아리로 부화한 것이 얼마나 됩니까? 대부분은 모두 시장으로 팔려 나가 존스와 그 일당들의 주머니를 채워 주었지요.

아, 클로버, 당신이 낳은 망아지 네 마리는 지금 어디에 있소? 당신이 늙으면 당신을 부양하고 기쁨을 주어야 할 망아지들 말이오. 모두 한 살이 되자마자 팔려 나가지 않았소? 아마 다시는 자식들의 얼굴을 볼 수 없을 거요. 출산을 네 번이나 하고, 온갖 고생을 하며 몸 바쳐 일한 대가로 당신이 받은 게 뭐요? 겨우 목숨을 부지할 정도의 먹이와 마구간 말고 또 뭐가 있소?

게다가 우리는 이런 비참한 삶조차도 제명대로 누릴 수 없습니다. 나는 사실 운이 좋은 편이니 별로 불평할 건 없소. 올해로 열두 해나 살았고, 귀염둥이 자손들도 사백 마리가 넘으니 행복한 축에 든다고 할 수 있지요. 이것이 바로 돼지가 누릴 수 있는 자연스러운 일생이라오.

하지만 어떤 동물도 끝내는 잔인한 칼날을 피할 수 없소이다. 내 앞에 앉아 있는 젊은 돼지 여러분, 여러분은 앞으로 일 년도 채 못 살고 도살장으로 끌려가서 단말마의 비명을 지르며 죽어 갈 것이오. 우리 모두 그와 같은 공포에서 벗어날 수 없소이다. 암소, 돼지, 암탉, 양, 누구라고 할 것 없이 모두 말이지요.

말이나 개라고 해서 더 나은 운명이라고 할 수도 없습니다. 복서, 당신의 그 튼튼한 근육도 언젠가는 흐물흐물해지겠지요? 그러면 존스는 당장 당신을 도살업자에게 팔아넘기고 말 것이오. 도살업자는 당신의 목을 잘라 끓는 물에 푹 삶아서 사냥개 먹이로 만들겠지요. 개들도 나이가 들어 이빨이 빠지면, 존스는 그들의 모가지에 벽돌을 매달아 가장 가까운 연못에 빠뜨려 죽일 거요.

동무들, 그러고 보면 우리 삶의 모든 불행이 하나같이 인간의 횡포에서 빚어진다는 게 너무나 명백하지 않소? 인간을 추방하기만 하면, 우리가 노동한 대가는 고스란히 우리의 손 안에 들어오게 될 것이오. 하룻밤 사이에 부자가 되고 자유로워지는 거지요. 그렇다면 우리는 무엇을 해야 하겠소? 밤이나 낮이나 몸과 마음을 다 바쳐 오로지 인간을 타도하기 위해 노력해야 합니다!

동무들, 이것이 내가 여러분에게 전하고자 하는 메시지요. 반란을 일으킵시다, 반란을! 그날이 언제 올지는 나도 모르오. 일주일 뒤에 올 수도 있고, 아니면 백 년이 지난 뒤에 올 수도 있어요. 어쨌거나 지금 내 발밑에 있는 이 짚을 우리가 두 눈으로 똑똑히 보고 있는 것처럼 명백하게 머지않아 정의는 반드시 실현될 것이라고 확신하고 있소.

동무들, 여러분의 짧은 여생 동안이나마 이 같은 신념을 한순간도 잊어서는 안 됩니다! 무엇보다도 나의 이 메시지를 다음 세대에 전해서 우리의 자손이 승리의 그날까지 투쟁할 수 있도록 합시다.

동무들, 여러분의 결심이 절대로 흔들려서는 안 된다는 것을 잊지 마시오. 헛된 논쟁에 솔깃해서 길을 잃고 헤매는 일이 없도록 조심해야 합니다. 인간과 동물 사이에는 공동의 이해관계가 있다느니, 인간의 번영이 곧 동물의 번영이라느니 하는 감언이설에 절대로 귀를 기울이지 마시오. 모두가 새빨간 거짓말이니까요. 인간은 본래 자신 말고는 어떤 동물의 이익도 챙겨 주지 않소이다. 그러므로 이 투쟁에 맞서기 위해 우리는 완벽하게 단결해야 하오. 모든 인간은 우리의 적이며, 모든 동물은 우리의 동지입니다."

바로 이때 한바탕 소동이 벌어졌다. 메이저 영감이 연설하는 동안 큼직한 쥐 네 마리가 쥐구멍에서 살짝 나와 앞발을 들고 곧추앉아 그의 말을 듣고 있었다. 그런데 개들이 그 모습을 발견하고 갑자기 달려들었던 것이다. 쥐들은 잽싸게 쥐구멍 속으로 도망쳐 간신히 목숨을 건졌다. 메이저 영감이 분위기를 진정시키려는 듯 앞발을 들자 순식간에 조용해졌다.

"동무들, 여기 해결해야 할 문제가 하나 생겼소. 바로 쥐나 토끼 같은 야생 동물에 관한 문제요. 그들은 과연 우리의 친구입니까, 아니면 적입니까? 이 문제를 표결에 부칩시다. 나는 오늘 모임에서 이 문제를 안건으로 제안하오. 쥐는 정녕 우리의 친구입니까?"

곧바로 투표가 실시되었다. 그 결과 압도적인 다수표로 쥐는 친구라고 결정되었다. 반대표는 겨우 네 표였는데, 개 세 마리와 고양이가 던진 것이었다. 나중에 밝혀진 사실이지만, 고양이는 찬성과 반대 양쪽 모두에 표를 던졌다.

메이저 영감이 다시 입을 열었다.

"나는 이제 하고 싶은 말은 다 한 것 같소. 다만 다시 한 번 강조하고 싶습니다. 인간과 그들이 하는 모든 행동에 적개심을 품는 것이 여러분의 의무라는 사실을 한시도 잊지 마시오. 두 발로 걷는 자는 모두가 우리의 적입니다. 네 발로 걷는 자, 날개를 가진 자는 누구든지 우리의 친구입니다.

그리고 인간과 투쟁하면서 인간을 흉내 내서는 절대로 안 된다는 점을 꼭 명심하시오. 여러분이 인간을 정복한 뒤에라도 그들의 악습에 물들지 않도록 각별히 주의해야 합니다. 모름지기 동물은 집에서 살거나 침대에서 잠을 자거나 옷을 걸쳐서는 안 되오. 담배를 피우거나 술을 마셔서도 안 되고요. 또 돈을 만지거나 장사를 해서도 안 되오. 인간의 관습이란 것은 모두가 사악하기 이를 데 없으니까요.

무엇보다도 우리 동물들은 동족을 폭력으로 탄압해서는 안 됩니다. 힘이 세든 약하든, 똑똑하든 모자라든 우리 모두는 형제입니다. 어떤 동물도 다른 동물을 죽여서는 안 되오. 모든 동물은 평등하니까요.

자, 동무들, 그러면 지금부터 어젯밤에 꾼 꿈 이야기를 하겠소. 그 꿈을 생생하게 설명할 수 없다는 게 안타까울 뿐이오. 그것은 인간이 사라진 뒤에 펼쳐질 세상에 대한 꿈이었소이다. 그런데 그 꿈 덕분에 오랫동안 잊고 있었던 뭔가를 다시 떠올릴 수 있었지요.

오래전 내가 새끼 돼지였을 때, 우리 어머니와 다른 암돼지들은 옛날 노래 하나를 즐겨 부르곤 했어요. 그런데 노랫가락과 첫 세 마디 가사밖에 기억나지 않더군요. 나도 어렸을 때는 그

가락을 알고 있었지만, 언젠가부터 머릿속에서 사라지고 말았소이다.

그런데 어젯밤 꿈속에서 그 가락이 되살아난 겁니다. 그뿐만이 아니오. 노래 가사까지 생생하게 기억이 났습니다. 그 옛날 여러 동물이 불렀지만, 오랜 세월이 흐르는 동안 서서히 잊혀졌던 그 노래 가사가 말이지요. 동무들, 지금 내가 그 노래를 한번 불러 보겠소. 나는 나이가 나이이다 보니 목이 많이 쉬어 목소리가 거칠지만, 그 가락을 가르쳐 주면 여러분은 아마 더 잘 부를 수 있을 겁니다. 바로 〈영국의 동물들〉이라는 노래요.”

메이저 영감은 헛기침을 하며 목청을 가다듬은 뒤 노래를 부르기 시작했다. 그의 말마따나 목소리는 거칠었지만 노래 솜씨는 제법이었다. 그 노래는 〈클레멘타인〉과 〈라 쿠카라차〉를 합쳐 놓은 듯했는데, 자못 가슴을 울리는 가락이었다. 노래 가사는 이러했다.

영국의 동물들이여, 아일랜드의 동물들이여,
그리고 온 세계의 동물들이여,
황금빛 찬란한 미래를 알리는
내 기쁜 소식을 귀 기울여 들으라.

이제 머지않아 그날이 오리니,

포악한 인간은 파멸하고
영국의 풍요로운 들판에는
오직 동물들만이 활보하리라.

그날이 오면 코에서 코뚜레가 사라지고
등에서 멍에가 사라지리라.
재갈과 박차는 영원히 녹슬고
잔인한 채찍 소리도 더 이상 들리지 않으리.

그날이 오면 상상할 수도 없는 재물이,
밀과 보리, 귀리와 건초가,
토끼풀과 콩과 근대가
모두 우리의 것이 되리라.
우리가 해방되는 그날이 오면
영국의 들판은 더욱 밝게 빛나고
강물은 더욱 맑아지리라.
미풍도 더욱 감미롭게 불어오리라.

그날을 위해 우리 모두 수고해야 하리.
비록 그날이 오기 전에 죽을지라도
암소와 말, 거위와 칠면조

모두 자유를 위해 힘써야 하리.

영국의 동물들이여, 아일랜드의 동물들이여,
온 세계의 동물들이여,
잘 듣고 널리 전하라.
황금빛 찬란한 미래를 알리는 내 기쁜 소식을.

메이저 영감이 부르는 노랫소리에 동물들은 몹시 흥분하여
열광적으로 반응했다. 그가 끝까지 다 부르기도 전에 동물들은
벌써 노래를 따라 부르기 시작했다. 머리가 가장 둔한 축에 드
는 동물들마저도 가락과 몇 소절을 자연스럽게 익혔다. 돼지나
개처럼 영리한 동물들은 채 몇 분도 되지 않아 노래를 모두 외
워 버렸다.

동물들은 몇 번 연습을 하더니, 마침내 엄청나게 큰 목소리로
〈영국의 동물들〉을 합창하기 시작했다. 암소들은 음매음매, 개
는 멍멍멍멍, 양은 매애매애, 말은 히잉히잉, 오리는 꽥꽥꽥꽥
노래를 불렀다. 그들은 이 노래가 너무나 마음에 든 나머지 다
섯 번이나 연거푸 불렀다. 도중에 방해받지만 않았다면 아마 밤
새도록 불렀을 것이다.

애석하게도 이 떠들썩한 노랫소리에 존스가 잠에서 깨어났
다. 그는 우리 안에 여우가 들어온 모양이라고 생각하고는 침대

에서 벌떡 일어났다. 그러고는 침실 한구석에 세워 둔 총을 들고 나와 어둠 속을 향해 여섯 번을 발사했다.

산탄(탄알 안에 작은 탄알이 많이 들어 있어서 사격하면 사방으로 퍼지면서 터지는 탄알—옮긴이)이 날아가 헛간 벽에 박히자 모임은 순식간에 끝이 나 버렸다. 동물들은 제각기 잠자리로 달아났다. 새들은 횃대로 날아가고, 다른 동물들은 지푸라기 속으로 기어 들어갔다. 농장은 순식간에 잠 속으로 빠져들었다.

제 2 장

반란의 그날

사흘 뒤, 메이저 영감은 잠을 자다가 조용히 숨을 거두었다. 그는 과수원의 한쪽 기슭에 묻혔다.

3월 초에 일어난 일이었다. 그 뒤 석 달 동안 농장에서는 비밀스런 움직임이 전개되었다. 메이저 영감의 연설 이후, 이 농장에서 제법 영리한 축에 드는 동물들은 전과는 전혀 다른 새로운 눈으로 삶을 바라보게 되었다.

그들은 메이저 영감이 예언한 반란이 도대체 언제 일어날지 알지 못했다. 또 자신들이 살아 있을 때 그 일이 일어나리라고 확신할 만한 근거도 없었다. 그러나 그 반란을 준비하는 것이 자신들의 의무라는 사실만큼은 분명하게 깨닫고 있었다.

다른 동물들을 교육시키고 뭔가를 조직하는 일은 자연스레 돼지들이 맡았다. 그들이 동물들 중에서 가장 똑똑하다고 인정받고 있었기 때문이다. 그중에서도 단연코 뛰어난 돼지는 존스가 나중에 팔아먹을 요량으로 기르고 있던 젊은 수돼지 스노볼과 나폴레옹이었다.

나폴레옹은 이 농장에서는 유일한 버크셔종(털빛이 검고 네 다리 끝과 꼬리 끝이 흰색인 돼지로, 번식력이 좋고 육질이 좋다.—옮긴이)으로 몸집이 크고 조금 험상궂게 생겼다. 그다지 말을 잘하는 편은 아니었지만, 어떻게 해서든 자신의 뜻을 관철시키기로 이름이 나 있었다. 스노볼은 나폴레옹보다 쾌활한 성격에 말주변이 좋고 여러 가지 재주가 뛰어났다. 그러나 나폴레옹만큼 심지가 깊지 않다는 평이었다.

농장에 있는 다른 수돼지들은 모두 식용 돼지였다. 그중 이름이 가장 잘 알려진 돼지는 몸집이 작고 통통한 스퀼러였다. 그는 포동포동한 뺨에 반짝거리는 눈동자가 인상적이었다. 동작이 재빠르고 목소리는 날카로웠다. 그는 말솜씨가 뛰어난 연설가였다. 해결하기 어려운 문제를 논의해야 할 때면 이리저리 뛰어다니며 꼬리를 휘둘러 대곤 했는데, 이것은 꽤나 설득력 있는 행동이었다. 모두들 스퀼러라면 검은색을 흰색으로 바꿔 놓을 수도 있을 것이라고 말할 정도였다.

이 세 마리 돼지들은 메이저 영감의 가르침을 하나의 완전한 사상 체계로 다듬어 정리한 후에 '동물주의'라고 이름 붙였다. 일주일에 며칠씩 그들은 밤마다 존스가 잠이 들고 나면 헛간에서 비밀리에 모여 다른 동물들에게 동물주의의 기본 이념을 설명해 주었다.

처음에 동물들은 아주 멍청한 반응을 보이는가 하면, 전혀 흥미가 없다는 듯 냉담한 태도를 취하기도 했다. 어떤 동물들은 존스에게 충성을 하는 것이 오히려 자신들의 도리라고 주장하기도 했다. 그들은 존스를 '주인님'이라고 부르면서, "존스 씨는 우리를 먹여 살리고 있어요. 만약 그 양반이 없다면 우리는 굶어 죽을 거란 말이에요."라는 식의 유치한 말을 하기도 했다.

그런가 하면 "무엇 때문에 죽은 뒤에 일어날 문제까지 걱정해야 한담?"이라고 하거나 "어차피 머지않아 반란이 일어나게 되어 있다면, 지금 우리가 노력을 하든 안 하든 무슨 차이가 있단 말이오?" 하고 묻는 동물들도 있었다. 돼지들은 그런 사고방식이 동물주의 정신에 어긋난다는 점을 이해시키느라 애를 먹었다.

가장 어리석은 질문을 던진 것은 흰 암말 몰리였다. 그녀가 스노볼에게 가장 먼저 한 질문은 바로 이것이었다.

"반란을 일으킨 뒤에도 설탕이 있을까요?"

"당연히 없소."

스노볼이 딱 잘라 말했다.

"이 농장에서는 설탕을 만들 방법이 없소. 게다가 당신한테는 설탕 같은 건 필요 없을 거요. 귀리나 건초를 먹고 싶은 만큼 얼마든지 먹을 수 있으니 말이오."

몰리가 또다시 물었다.

"그러면 그때도 지금처럼 갈기에 리본을 달고 다닐 수 있을까요?"

"동무! 당신이 그토록 소중하게 여기는 그 리본이야말로 바로 노예의 징표요. 자유가 리본보다 훨씬 소중하다는 걸 모른단 말이오?"

몰리는 그 말에 동의하기는 했지만, 충분히 이해한 것 같지는 않았다.

또 돼지들은 사람에게 길이 든 까마귀 모지스가 퍼뜨리는 헛소문을 막아 내느라 고군분투했다. 존스가 특별히 아끼는 모지스는 스파이에다 고자질쟁이였다. 그러나 동시에 영리한 달변가이기도 했다.

그는 모든 동물들이 죽은 뒤에 가는 '설탕사탕 산'이라는 신비스러운 나라를 잘 알고 있다고 떠들고 다녔다. 그 신비한 나라는 하늘 높은 곳, 구름 너머 어딘가에 있다고 했다. 그곳에서는 일주일이 모두 일요일이며, 일 년 내내 토끼풀이 자랄 뿐만 아니라 산울타리마다 각설탕과 아마(亞麻, 껍질로 리넨 같은 천을 만들고 씨로는 기름을 짜거나 약재로 쓰는 식물—옮긴이) 씨 깻묵이 자라고 있다고 했다.

동물들은 온종일 수다만 늘어놓을 뿐 일이라고는 도무지 할 생각조차 않는 모지스를 싫어했다. 그러나 몇몇은 설탕사탕 산이 정말로 존재한다고 믿었다. 돼지들은 그런 나라는 절대로 없다고 동물들을 설득하느라 진땀을 흘렸다.

누가 뭐래도 돼지들을 따르는 가장 충실한 제자는 단연 복서와 클로버였다. 둘은 스스로 무엇인가를 생각해 내는 일을 몹시 힘겨워했다. 하지만 일단 돼지들을 스승으로 삼은 다음부터는 그들의 가르침을 하나에서 열까지 모두 받아들여 단순한 논리로 다른 동물들에게 전달했다. 그들은 헛간에서 열리는 비밀회의에 한 번도 빠지지 않았으며, 회의를 마칠 때마다 가장 먼저 〈영국의 동물들〉을 선창하곤 했다.

그런데 메이저 영감이 말했던 반란은 모두가 예상했던 것보다 훨씬 빨리, 생각보다 훨씬 간단하게 이루어졌다. 존스는 비록 모진 주인이기는 해도 오랜 세월 동안 수완 있는 농장주였다. 그러나 최근 들어 불운한 처지에 놓여 있었다. 소송에 휘말리는 바람에 돈을 많이 날리게 되었던 것이다.

그 일 이후로 존스는 잔뜩 의기소침해져서 몸이 망가질 정도로 매일 술을 마셔 댔다. 몇 날 며칠을 부엌에 있는 나무 의자에 앉아 신문을 뒤적거리며 술을 마시거나, 이따금 맥주에 적신 빵 조각을 모지스에게 먹이면서 빈둥빈둥 시간을 보냈다.

주인이 그러니 자연히 일꾼들도 게을러져서 꾀를 부리기 시작했다. 밭에는 잡초가 무성해지고, 축사의 지붕은 헐었으며, 산울타리는 망가진 채 방치되었다. 동물들은 먹이도 제대로 먹지 못했다.

목초를 베어야 하는 6월이 되었다. 세례 요한 축일(예수에게 세례를 준 세례자 요한의 탄생일로 6월 24일이다. ―옮긴이) 전날은 마침 토요일이었다. 존스는 윌링던에 있는 술집 '레드 라이언'에서 술을 퍼 마시고 곤드레만드레가 되는 바람에 일요일 한낮까지도 농장에 돌아오지 않았다.

일꾼들은 아침 일찍 암소 젖을 짠 뒤 동물들에게 먹이도 주지 않고 곧바로 토끼 사냥을 하러 나가 버렸다. 존스는 오후에 농장으로 돌아오자마자 응접실 소파에 드러눕더니, 〈세계 뉴스〉지로 얼굴을 덮은 채 잠이 들어 버렸다. 그 바람에 동물들은 하루 종일 배를 곯아야 했다.

동물들은 더 이상 참을 수가 없었다. 암소 한 마리가 뿔로 곳간 문을 부수고 들어가자 다른 동물들도 따라 들어가 닥치는 대로 먹기 시작했다. 바로 그때 존스가 잠에서 깨어났다. 그와 일꾼 네 명이 곳간으로 뛰어 들어와 마구 채찍을 휘둘렀다. 굶주린 동물들의 입장에서는 도저히 견딜 수 없는 일이었다. 사전에 그렇게 하기로 계획한 것은 아니었는데, 동물들은 일제히 박해자들에게 덤벼들었다. 존스와 일꾼들은 사방에서 뿔에 받히고 발길에 채였다.

사태는 걷잡을 수 없이 커졌다. 그들은 동물들이 이렇게까지 난동을 부리는 것을 한 번도 본 적이 없었다. 그동안 마음대로 채찍질하고 혹사시켜도 반항 한 번 하지 않았는데, 갑자기 들고 일어나자 너무 놀라 얼이 빠질 지경이었다. 잠시 후 그들은 모든 것을 포기하고 줄행랑치기 시작했다. 그들은 큰길로 통하는 마찻길로 허둥지둥 도망쳤고, 동물들은 의기양양하게 그 뒤를 쫓았다.

존스 부인은 침실 창문으로 이 광경을 목격하고는 무슨 일이 벌어졌는지 금세 알아차렸다. 그녀는 부랴부랴 여행용 가방에 소지품 몇 가지를 챙겨 넣고는 다른 길로 농장에서 몰래 빠져나 갔다. 모지스가 횃대에서 날아올라 큰 소리로 까악까악 울며 그녀의 뒤를 따랐다.

한편 동물들은 존스와 일꾼들을 큰길까지 쫓아낸 다음 빗장이 다섯 개나 달린 농장 출입문을 재빨리 닫아 버렸다. 그렇게 해서 동물들조차도 어찌 된 영문인지 모른 채 반란이 성공을 거두었다. 존스는 쫓겨났고, 장원 농장은 이제 동물들의 소유가 되었다.

처음 얼마 동안 동물들은 자신들에게 닥친 행운을 도무지 믿을 수가 없었다. 그들은 우선 농장 어느 구석에 인간들이 숨어 있는 건 아닌지 확인이라도 하듯 떼를 지어 농장 주위를 뛰어다 녔다. 그리고 나서 축사로 되돌아와 저주스런 지배의 흔적들을 말끔히 제거하기 시작했다.

가장 먼저 마구간 끝에 있는 마구(馬具) 창고를 부수고 들어가 재갈, 코뚜레, 개 사슬, 존스가 돼지나 양을 거세할 때 쓰던 끔찍스런 칼 따위를 모두 꺼내 와서는 우물 속에 처넣어 버렸다. 고삐, 굴레, 눈가리개, 창피스런 꼴망태 등은 마당에서 활활 타오르고 있는 쓰레기 불 속으로 던졌다. 채찍도 불 속에 처넣었다. 채찍이 불꽃에 휩싸이며 화르르 타오르자, 동물들은 덩실덩실 춤을 추며 기뻐했다.

스노볼은 장날이면 으레 말갈기나 꼬리에 장식하던 리본을 불 속에 던지며 말했다.

"리본은 인간의 특징인 옷으로 간주해야 하오. 동물은 벌거숭이로 살아야 합니다."

복서는 그 말을 듣자마자 여름이면 귓가에서 들끓는 파리를 막으려고 썼던 조그마한 밀짚모자를 가져와서 나머지 물건들과 함께 불 속에 던져 버렸다. 존스를 떠올리게 할 만한 물건들은 순식간에 모조리 타 버렸다.

그 일이 끝난 뒤, 나폴레옹은 동물들을 곳간으로 데리고 가서 지금까지 늘 받아먹던 양보다 두 배나 많은 옥수수를 나누어 주었다. 개들에게는 비스킷을 두 개씩 주었다. 그러고는 모두들 〈영국의 동물들〉을 연달아 일곱 번이나 합창했다. 밤이 되어 각자의 잠자리로 돌아간 후에는 일찍이 맛보지 못했던 단잠에 빠졌다.

이튿날 동물들은 여느 때와 다름없이 새벽녘에 잠에서 깨어났다. 그러다 문득 어제의 그 신바람 나던 사건을 떠올리고는 모두 함께 목초지로 달려갔다. 목초지 바로 옆에는 농장 전체를 한눈에 내려다볼 수 있는 조그마한 언덕이 하나 있었다. 동물들은 그 언덕으로 올라가 따사로운 아침 햇살을 받으며 사방을 둘러보았다. 그렇다! 이 모두가 그들의 것이었다. 눈앞에 펼쳐진 것이 모두 그들의 소유였다!

그렇게 생각하자 가슴이 몹시 설레었다. 동물들은 흥분한 나머지 언덕을 이리저리 뛰어 돌아다니기도 하고, 공중으로 껑충 껑충 뛰어 보기도 했다. 아침 이슬에 뒹굴며 싱싱한 여름풀을 한입 가득 넣어 씹어 보기도 하고, 검은 흙덩이를 힘껏 걷어차 그윽한 흙냄새를 맡아 보기도 했다.

그들은 말로 표현할 수 없는 감격 속에서 경작지와 목초지, 과수원, 연못, 작은 숲 등 농장 구석구석을 둘러보았다. 마치 태어나서 처음 보는 풍경인 듯 느껴졌다. 이 모든 것이 자신들의 소유라는 사실이 도무지 믿기지 않았다.

동물들은 줄을 지어 농장 건물 쪽으로 돌아오다가 존스가 살던 본채의 문 앞에서 발길을 멈추었다. 이 집도 그들의 것이 되었지만, 어쩐지 그 안으로 들어가기가 망설여졌다.

잠시 후 스노볼과 나폴레옹이 어깨로 천천히 문을 밀어젖혔다. 동물들은 한 줄로 걸어 들어가서는 집 안의 물건을 깨뜨리지 않도록 조심하면서 이 방 저 방을 돌아다녔다. 말소리를 내기도 겁이 나는지 소곤거리면서, 깃털 이불이 덮인 침대며 큰 거울들, 말총으로 만든 소파, 브뤼셀산 융단, 응접실 벽난로 위에 걸어 놓은 빅토리아 여왕의 석판화 등 믿을 수 없을 만치 호사스런 물건들을 경외감이 가득한 눈길로 구경했다.

계단을 내려오는데 몰리가 보이지 않았다. 되돌아가 보니 그녀는 가장 멋지게 꾸며 놓은 침실에 있었다. 몰리는 존스 부인의 화장대에서 푸른색 리본 하나를 들어 자기 어깨에 걸치고는 거울에 비친 자신의 모습을 넋을 잃고 바라보며 감탄하고 있었다. 동물들은 그녀를 호되게 나무란 뒤 밖으로 데리고 나왔다.

동물들은 부엌에 매달려 있는 햄을 가지고 나와 땅에다 파묻었다. 복서는 부엌 조리대에 있는 맥주 통을 발굽으로 차서 깨 버렸다. 그러나 그 밖의 물건에는 전혀 손을 대지 않았다. 즉석에서 본채를 박물관으로 보존해야 한다는 제안이 나왔고, 만장일치로 통과되었다. 어떤 동물도 그곳에서 살아서는 안 된다는 의견에도 모두 동의했다.

아침 식사를 마친 뒤, 스노볼과 나폴레옹이 다시 동물들을 소집했다. 스노볼이 입을 열었다.

"동무들! 지금 시각이 여섯 시 반인데, 해가 지려면 아직 한참이나 남았소. 오늘부터 목초를 거둬들입시다. 그런데 그 전에 먼저 해야 할 일이 있소."

돼지들은 존스의 아이들이 쓰다가 버린 낡은 철자법 책을 주워다가 지난 석 달 동안 글을 읽고 쓰는 법을 익혔다고 털어놓았다. 나폴레옹은 검은색과 흰색 페인트를 가져오게 한 뒤, 동물들을 데리고 다섯 개의 빗장이 달린 농장 출입문으로 갔다.

스노볼이 앞발 발굽 사이에 붓을 끼우고서 문 앞에 섰다. 그가 글씨를 가장 잘 쓰는 돼지였기 때문이다. 출입문의 맨 위 가로 대에는 '장원 농장'이라는 글씨가 적혀 있었다. 스노볼은 그 글씨를 페인트로 지워 버린 다음, 그 자리에 '동물 농장'이라고 썼다. 그것이 농장의 새 이름이었다.

그 일을 마친 후 동물들은 축사로 되돌아왔다. 스노볼과 나폴레옹은 사다리를 가져오라고 한 뒤, 그것을 큰 헛간 한쪽 벽에 세워 놓게 했다. 그들은 지난 석 달 동안 연구한 끝에 동물주의의 원칙을 '일곱 계명'으로 요약하는 데 성공했다고 설명했다. 이제 그 '일곱 계명'을 벽에 기록해 놓을 터인데, 이것은 동물 농장의 모든 동물이 앞으로 영원히 지켜야 할 불변의 법률이 될 것이라고 했다.

스노볼은 간신히 사다리를 기어 올라갔다. 사실 돼지가 사다리에 올라가 몸을 가누기란 쉽지 않은 일이었다. 그가 글씨를 쓰기 시작했다. 스퀄러가 따라 올라가 두세 칸 아래에서 페인트 통을 들고 서 있었다. 계명은 타르를 칠한 헛간 벽에 흰색 페인트로 큼직큼직하게 썼기 때문에 삼십 미터쯤 멀리 떨어진 곳에서도 읽을 수 있었다. '일곱 계명'은 다음과 같았다.

1. 두 발로 걷는 자는 모두 적이다.

2. 네 발로 걷거나 날개가 있는 자는 모두 친구이다.

3. 어떤 동물도 옷을 입어서는 안 된다.

4. 어떤 동물도 침대에서 잠을 자서는 안 된다.

5. 어떤 동물도 술을 마셔서는 안 된다.

6. 어떤 동물도 다른 동물을 죽여서는 안 된다.

7. 모든 동물은 평등하다.

무척 깔끔하게 잘 쓴 글씨였다. 'friend(친구)'가 'freind'로 쓰여 있고, S 하나가 좌우로 뒤집힌 것 말고는 철자도 정확했다. 스노볼은 이 계명을 다 쓴 후 커다란 소리로 읽어 주었다. 그러자 동물들은 고개를 끄덕이며 몹시 만족해했다. 그중 좀 더 영리한 동물들은 곧바로 '일곱 계명'을 외우기 시작했다.

스노볼이 페인트 붓을 내던지며 말했다.

"자, 동무들! 이제 목초지로 갑시다! 우리의 명예를 위해서라도 존스와 일꾼들보다 더 빨리 수확해야 합니다."

그 순간 아까부터 불편해 보이던 암소 세 마리가 큰 소리로 음매 울었다. 꼬박 스물네 시간이나 젖을 짜 내지 않았던 터라 젖통이 터질 듯 부풀어 있었다. 돼지들은 잠시 궁리를 하다가 양동이를 가져오게 한 뒤, 제법 능숙한 솜씨로 젖을 짜 주었다. 돼지의 앞발이 젖을 짜는 데 안성맞춤이었다. 거품이 이는 크림

같이 진한 우유가 순식간에 다섯 양동이나 찼다. 동물들은 모두 호기심에 찬 눈길로 우유를 바라보고 있었다.

"이렇게 많은 우유를 다 어떻게 처리한담?"

누군가가 말했다.

"아주 가끔이긴 하지만 존스는 우리 먹이에 우유를 섞어 주기도 했는데……."

암탉 한 마리가 말했다.

"동무들, 우유 따위는 신경 쓰지 마시오!"

나폴레옹이 양동이 앞에 서서 말했다.

"이런 건 어떻게든 잘 처리될 거요. 지금은 목초를 수확하는 일이 더 중요합니다. 스노볼 동무가 선두에 서서 여러분을 안내할 것이오. 나도 곧 뒤따라가겠소. 동무들, 앞으로! 목초가 여러분을 기다리고 있습니다."

동물들은 줄을 지어 목초지로 행진해 나아갔다. 저녁에 돌아와 보니 우유는 감쪽같이 사라지고 없었다.

제 3 장

네 발은 좋고, 두 발은 나쁘다

목초를 거둬들이느라 동물들은 얼마나 많은 땀을 흘리며 애를 썼던가! 그러나 그들의 수고는 보람이 있어서, 예상보다 훨씬 많은 수확을 거두었다.

때로는 일이 몹시 힘겨울 때도 있었다. 본디 연장이라는 것은 인간을 위해 만들어진 것이지, 동물을 위한 것이 아니었다. 뒷발로 서지 않으면 어떤 도구도 사용할 수 없다는 점은 동물들에게 크나큰 장애가 되었다. 그러나 돼지들은 아주 영리했기 때문에 어려움이 닥칠 때마다 그것을 극복하는 방법을 생각해 냈다.

말들은 목초지 구석구석을 훤히 꿰고 있었고, 풀을 베거나 긁어모으는 일은 존스나 일꾼들보다 훨씬 더 잘했다. 돼지들은 직접 일을 하지는 않고, 다른 동물들을 지휘하고 감독했다. 머리가 좋은 그들이 주도권을 장악하는 것은 자연스러운 일이었다.

복서와 클로버는 풀 베는 기계나 써레를 몸에 묶고 듬직한 발걸음으로 쉬지 않고 목초지를 빙빙 돌았다. 물론 이제는 재갈이나 고삐가 필요 없었다. 돼지 한 마리가 그들의 뒤를 따르며 상황에 따라 "이랴, 동무!" 하거나 "워, 동무!" 하고 소리를 질렀다.

가장 힘이 약한 동물들까지도 합세하여 모두가 풀을 베고 거둬들이는 일에 열중했다. 심지어 암탉들과 오리들마저도 하루 종일 햇볕 아래에서 왔다 갔다 하며 부리로 풀을 몇 가닥씩 물어 날랐다.

드디어 수확이 모두 끝났다. 존스와 일꾼들이 했을 때보다 무려 이틀이나 앞당긴 결과였다. 더욱이 수확량은 이 농장에서는 일찍이 거두지 못했던 엄청난 양이었다. 버리는 것이 하나도 없었다. 암탉들과 오리들이 그 밝은 눈으로 마지막 풀 줄기 하나까지도 놓치지 않고 주워 모았기 때문이었다. 게다가 어느 누구 하나 단 한 입도 훔쳐 먹지 않았다.

여름 내내 농장 일은 시계처럼 규칙적으로 진행되었다. 동물들은 예전에는 상상도 못 했던 행복감을 만끽했다. 먹이를 한 입 한 입 먹을 때마다 꿀이라도 바른 듯 달콤했다. 어찌 보면 당연한 감정이었다. 탐욕스런 주인이 찔끔찔끔 주는 것을 치사스레 받아먹는 것이 아니라 스스로를 위해 직접 생산한, 순수하게 그들 자신을 위한 먹이였기 때문이다. 쓸모없는 기생충 같은 인간들이 사라졌으므로 동물들이 먹을 수 있는 양도 더욱 늘어났다. 여가 시간도 훨씬 많아졌다. 비록 여가를 경험해 본 적이 없어서 그 시간을 어떻게 써야 할지 몰랐지만.

때로는 여러 난관에 부딪치기도 했다. 이를테면 농장에는 탈곡기가 한 대도 없었기 때문에, 그해 가을에 수확한 곡식을 옛날 방식대로 발로 밟아 낟알을 벗기고 입으로 훅훅 불어 왕겨를 날려 보내야 했다. 그러나 곤경에 처할 때면 언제나 돼지들은 현명한 머리로, 복서는 뛰어난 체력으로 거뜬히 해결했다.

복서는 모두에게 칭찬을 받았다. 그는 존스 시절에도 부지런한 일꾼이었지만, 요즘에는 말 한 마리가 아니라 세 마리의 몫을 해내는 것처럼 보였다. 그래서 농장의 모든 일이 그의 억센 두 어깨에 달려 있는 듯 보일 때도 있었다. 항상 가장 어려운 일거리를 도맡아서 아침부터 밤까지 밀고 끌며 일했다.

복서는 수탉 한 마리에게 매일 아침 다른 동물들보다 삼십 분 일찍 깨워 달라고 부탁했다. 그러고는 그날의 정규 작업이 시작되기 전에 자신의 도움이 가장 필요하다고 여겨지는 일을 자진해서 해치웠다. 그는 어려운 문제가 생기거나 곤경에 처할 때마다 이렇게 말하곤 했다.

"내가 좀 더 일하면 돼!"

복서는 이 말을 자신의 좌우명으로 삼았다.

동물들은 저마다 자신의 능력에 따라 일했다. 이를테면 암탉들과 오리들은 떨어진 낟알을 주워 모아서 자그마치 백사십 킬로그램가량의 곡물을 더 모았다. 아무도 먹이를 훔치지 않았고, 어느 누구도 배급량이 적다고 불평하지 않았다. 예전에는 흔히 볼 수 있던 싸움질이나 물어뜯기도 없었고, 질투하는 모습도 자취를 감추어 버리다시피 했다.

꾀를 부리며 일을 피하는 동물도 없었다. 아니, 아주 없었다기보다는 거의 없었다는 편이 맞겠다. 몰리는 아침에 일찍 일어나는 것을 힘들어했고, 걸핏하면 발굽에 돌이 끼었다는 핑계를 대며 일찌감치 일을 걷어치우곤 했다.

고양이의 행동도 좀 이상한 구석이 있었다. 그녀는 할 일이 있을 때면 늘 몇 시간씩 어딘가로 사라졌다가, 식사 때가 되거나 작업이 끝난 저녁때가 되어서야 아무 일도 없었다는 듯 시치미를 떼며 나타났다. 그러나 그때마다 가냘프게 목구멍을 골골거리면서 애처로운 표정으로 변명을 하는 바람에 모두들 그 말을 믿지 않을 도리가 없었다.

벤저민은 반란 뒤에도 예전과 다름이 없었다. 그는 존스 시절에 그랬던 것처럼 여전히 느릿하고 고집스러운 방식으로 일을 했다. 일을 피하지도 않았지만, 그렇다고 자진해서 떠맡지도 않았다. 반란과 그 결과에 대해서는 어떤 의견도 표명하지 않았다. 존스가 사라졌으니 훨씬 더 행복하지 않느냐고 물으면, 이렇게 대답할 뿐이었다.

"당나귀는 본디 장수하는 동물이라네. 자네들 중에 누구라도
죽은 당나귀를 본 적이 있는가?"

다른 동물들은 이 수수께끼 같은 알쏭달쏭한 대답에 만족해
야 했다.

일요일에는 모두 일을 하지 않고 쉬었다. 아침 식사는 평일보
다 한 시간 늦게 먹었고, 식사를 마친 뒤에는 매주 어김없이 거
행하는 의식이 있었다. 먼저 깃발을 게양했다. 스노볼이 마구간
에서 찾아낸 존스 부인의 낡은 초록색 식탁보 위에 흰색 페인
트로 발굽과 뿔을 그려 넣은 깃발이었다. 이 깃발은 일요일 아
침이면 언제나 농장 마당에 있는 게양대에 걸렸다. 스노볼은 깃
발의 초록색은 영국의 푸른 들판을, 발굽과 뿔은 인간이 완전히
타도된 후 탄생할 미래의 '동물 공화국'을 상징한다고 설명했다.

깃발을 게양하고 나면, 동물들은 '회의'라고 일컫는 모임을 열
기 위해 큰 헛간으로 행진해 들어갔다. 이곳에서 다음 한 주 동
안의 작업 계획을 세우고, 결의안들을 제출하며, 토론을 벌였다.
결의안을 제출하는 것은 언제나 돼지들이었다. 다른 동물들은
투표하는 방법까지는 알고 있었지만 직접 결의안을 내놓지는
못했다.

토론을 할 때면 스노볼과 나폴레옹이 가장 열성적이었다. 그
런데 이 둘의 의견이 일치한 적은 한 번도 없었다. 한쪽이 어떤

제안을 하면 다른 한쪽은 반드시 그것에 반대 의견을 내놓았다.

한번은 과수원 너머에 있는 작은 방목장을 늙어서 일을 하기 힘든 동물들의 휴식처로 삼자는 결의안이 채택된 적이 있었다. 일단 채택된 결의안 자체에는 감히 누구도 반대할 수 없다는 것이 불문율이었다. 둘은 동물의 종류에 따라 적절한 은퇴 나이를 몇 살로 할 것인지를 두고 격렬하게 토론을 벌였다. 회의는 언제나 〈영국의 동물들〉을 합창하면서 끝났다. 오후는 오락 시간이었다.

돼지들은 마구간을 자신들의 본부로 사용했다. 밤이면 이곳에 모여 본채에서 가져온 책을 펴 놓고 대장간 일과 목공 일 등 여러 가지 필요한 기술을 연구했다.

스노볼은 동물들을 모아서 이른바 '동물 위원회'라는 것을 조직하느라 바쁘게 지냈다. 그는 지칠 줄 모르고 이 일에 매달렸다. 읽기와 쓰기를 배우는 학습반을 만들고, 암탉들을 위한 '달걀 생산 위원회', 암소들을 위한 '깨끗한 꼬리 연맹'을 만들었다. '야생 동물 재교육 위원회'도 조직했는데, 이 위원회의 목적은 들쥐나 토끼를 길들이는 데 있었다. 또 양들을 위해서도 '더 하얀 양모 생산 운동'을 조직하는 등 이러저러한 여러 단체를 만드는 데 여념이 없었다.

그러나 이런 계획은 대부분 실패로 돌아갔다. 그중에서도 야생 동물을 길들이기 위한 시도는 시작하자마자 실패하고 말았다. 야생 동물들은 예전과 다름없이 행동했다. 관대하게 대해 주면 그것을 이용해 더욱 놀아날 뿐이었다.

고양이는 재교육 위원회에 참여한 뒤 처음 며칠 동안은 열심히 활약했다. 어느 날 지붕 위에서 쉬고 있던 고양이는 멀찌감치 떨어진 곳에 참새들이 내려앉자 다정하게 말을 걸었다. 그녀는 이제 모든 동물들이 친구가 되었으니, 어떤 참새라도 원한다면 자기 앞발에 앉아도 괜찮다고 말했다. 그러나 참새들은 좀체 가까이 다가가지 않았다.

반면 읽기와 쓰기 학습반은 대성공을 거두었다. 가을이 되자 농장 안의 거의 모든 동물들이 어느 정도 글을 알게 되었다. 돼지들은 이미 완벽하게 읽고 쓸 수 있었다. 개들도 제법 잘 읽었지만, '일곱 계명' 말고 다른 것을 읽는 데에는 별 관심이 없었다.

염소 뮤리얼은 개들보다 훨씬 더 잘 읽어서, 가끔 저녁이면 쓰레기 더미에서 주워 온 신문지 조각을 다른 동물들에게 읽어 주곤 했다. 벤저민은 어느 돼지 못지않게 잘 읽었지만, 단 한 번도 제 실력을 발휘하지 않았다. 그는 자신이 아는 한 읽을 만한 가치가 있는 것은 아무것도 없다고 말하곤 했다. 클로버는 알파벳은 모두 외웠으나 낱말을 붙여서 읽을 줄은 몰랐다.

복서는 D까지 깨치고 나서 더 이상 나가지 못했다. 그는 커다란 발굽으로 땅바닥에 A, B, C, D 네 글자를 써 놓고는 두 귀를 뒤로 젖히고 이따금 앞머리를 흔들며 글자들을 노려보았다.

그다음 글자를 생각해 내려고 안간힘을 썼지만 헛수고였다. 사실 그는 몇 번인가 E, F, G, H까지 외운 적도 있었다. 하지만 거기까지 외우면 이번에는 A, B, C, D를 까맣게 잊고 말았다. 결국 처음 네 글자로 만족하기로 하고, 이것만이라도 잊지 않기 위해 날마다 한두 번씩 써 보곤 했다.

몰리는 자기 이름에 들어가는 알파벳 여섯 글자(Mollie) 말고는 더 이상 배우려고 하지 않았다. 그녀는 작은 나뭇가지로 여섯 글자를 예쁘게 맞춰 놓고 꽃 한두 송이로 장식을 한 다음 그 주위를 빙빙 돌며 감탄하곤 했다.

그 밖의 다른 동물들은 모두 첫 글자 A에서 더 이상 나아가지 못했다. 게다가 양이나 암탉, 오리 같은 머리가 더 나쁜 동물들은 '일곱 계명'마저도 제대로 외우지 못한다는 사실도 밝혀졌다. 스노볼은 머리를 싸매고 여러 가지로 궁리한 끝에, '일곱 계명'을 "네 발은 좋고, 두 발은 나쁘다!"라는 단 한 줄로 요약했다. 그는 이 격언 속에 동물주의의 기본 원리가 모두 들어 있으므로, 누구든 이 한 줄만 충분히 이해하면 인간의 영향을 받지 않게 될 것이라고 했다.

새들은 자신들도 다리가 둘이라고 생각했기 때문에 처음에는 이 격언에 반대했다. 그러나 스노볼은 그렇지 않다고 설명해 주었다.

"동무들, 날개는 앞으로 나아가기 위한 추진 기관이지 무엇을 조작하는 기관이 아니오. 따라서 그것은 다리로 보아야 합니다. 인간의 특징은 바로 손인데, 이 손이야말로 온갖 못된 짓을 하는 도구란 말이오."

새들은 스노볼의 장황한 설명을 이해하지는 못했지만 어쨌든 받아들이기로 했다. 머리가 둔한 다른 동물들도 열심히 새로운 격언을 외우기 시작했다. 헛간 벽에 적힌 '일곱 계명' 위에 좀 더 큰 글씨로 "네 발은 좋고, 두 발은 나쁘다!"라는 격언이 쓰였다. 양들은 이 격언을 일단 외우고 나자 한결 마음에 들었다. 그래서 풀밭에 누워 있을 때에도 언제나 "네 발은 좋고, 두 발은 나쁘다! 네 발은 좋고, 두 발은 나쁘다!"라며 몇 시간씩 지칠 줄 모르고 외쳐 대곤 하였다.

나폴레옹은 스노볼이 조직한 위원회에는 전혀 관심이 없었다. 그는 다 자란 동물들을 가르치는 것보다 젊은 세대를 교육시키는 일이 더 중요하다고 주장했다.

목초를 다 거두어들인 뒤, 제시와 블루벨이 튼튼한 강아지 아홉 마리를 낳았다. 나폴레옹은 강아지들이 젖을 떼자마자 이들의 교육은 자신이 직접 맡겠다면서 어미한테서 떼어 냈다. 그러고는 사다리가 없으면 올라갈 수 없는 마구간의 다락방에 데려다 놓고 외부와 완전히 격리시켜 버렸다. 동물들은 곧 강아지의 존재를 까맣게 잊고 말았다.

우유가 사라져 버리는 수수께끼는 얼마 안 가서 풀렸다. 우유는 날마다 돼지들 먹이 속으로 들어가고 있었다. 때마침 조생종(같은 농작물 가운데 다른 것보다 일찍 성숙하는 품종―옮긴이) 사과가 한껏 익어 가기 시작했다. 바람에 떨어진 사과들이 과수원 풀밭 여기저기에 뒹굴었다. 동물들은 당연히 그 사과가 공평하게 분배될 것이라고 생각했다.

그런데 어느 날, 떨어진 사과는 돼지들이 먹을 것이니 모두 주워 마구 창고에 갖다 놓으라는 명령이 떨어졌다. 몇몇 동물들이 투덜거리는 했지만 아무 소용이 없었다. 이 문제에서만큼은 모든 돼지들의 의견이 일치했다. 심지어 스노볼과 나폴레옹마저도 같은 의견이었다. 동물들에게 적절한 이유를 설명하기 위해 스퀼러가 파견되었다.

"동무들! 여러분은 설마하니 우리 돼지들이 이기심이나 특권 의식을 갖고 이러는 거라고 생각하지는 않겠지요? 사실 우리 돼지들은 대부분 우유나 사과라면 질색합니다. 나 역시도 좋아하지 않아요. 그렇게 싫은 것을 왜 먹는지 궁금하겠지요? 이유는 단 하나, 오로지 건강을 유지하기 위해서입니다.

우유와 사과에는 돼지의 건강에 꼭 필요한 영양소가 함유되어 있어요. 동무들, 이는 과학적으로도 증명된 바입니다. 우리 돼지들은 두뇌 노동자예요. 이 농장의 운영과 조직이 모두 우리의 두 어깨에 달려 있다는 말입니다. 우리는 밤낮을 가리지 않고 동무들의 복지 향상을 위해 애를 쓰고 있습니다. 그러니 우유를 마시고 사과를 먹는 것은 한마디로 여러분을 위해서인 것이지요.

만약 우리가 이 같은 의무를 수행할 수 없게 된다면, 어떠한 사태가 일어날지 상상이나 해 보았습니까? 존스가 돌아오는 겁니다! 그래요, 존스가 다시 돌아온단 말이지요! 동무들, 그건 틀림없는 사실입니다."

스퀼러는 이리저리 뛰어다니고 꼬리를 흔들어 대면서 호소하듯 말했다. 그러고는 이렇게 덧붙였다.

"여러분 중에 존스가 돌아오기를 바라는 자는 아무도 없겠지요?"

지금 동물들이 무엇보다 분명하게 확신하고 있는 것이 하나 있다면, 그것은 어느 누구도 존스가 돌아오는 것을 원치 않는다는 사실이었다. 스퀼러가 이런 식으로 설명하자 동물들은 더 이상 아무 말도 할 수 없었다. 돼지들의 건강이 얼마나 중요한지는 너무나 명백해졌기 때문이다. 그래서 우유와 떨어진 사과, 또 앞으로 수확하게 될 사과까지도 오직 돼지들의 몫으로 남겨 두어야 한다는 데 더 이상 아무런 불평 없이 동의했다.

제 4 장
외양간 전투

그해 여름이 저물어 갈 무렵, 동물 농장에서 일어난 반란 소식
은 영국 땅 곳곳으로 퍼져 나갔다. 스노볼과 나폴레옹은 이곳저
곳으로 비둘기들을 날려 보냈다. 비둘기들은 이웃 농장의 다른
동물들과 접촉하여 반란에 관한 이야기를 들려주고, 〈영국의 동
물들〉의 노랫가락을 가르치는 임무를 띠고 있었다.

이 무렵 존스는 온종일 술집 '레드 라이언'에 앉아 시간을 보
냈다. 그는 자신의 이야기를 들어 주는 사람이면 아무나 붙잡고
는, 보잘것없는 동물들이 어처구니없게도 주인인 자신을 농장
에서 쫓아냈다고 하소연했다. 다른 농장 주인들은 표면적으로
는 그를 동정했지만 별다른 도움을 주려고 하지 않았다. 그들은

하나같이 어떻게 하면 존스의 불행을 이용해 이익을 얻을 수 있을까 궁리할 뿐이었다.

동물 농장에 인접한 두 농장의 주인들이 일찍부터 앙숙이었던 것이 동물들에게는 천만다행이었다. 그중 폭스우드 농장은 넓기는 하지만 관리를 제대로 하지 않은 구식 농장이었다. 숲은 너무 무성하고 목초지는 황폐했으며 산울타리도 창피할 정도로 엉망이었다. 농장 주인인 필킹턴은 철 따라 낚시질을 하러 다니거나 사냥을 하며 세월을 보내는, 한없이 태평스러운 농사꾼이었다.

다른 한곳인 핀치필드 농장은 폭스우드 농장보다 크기는 작았지만 관리가 잘 되어 있었다. 이 농장의 주인인 프레더릭은 거칠고 빈틈이 없는 사람이었다. 그는 언제나 소송에 휘말려 있었고, 일단 흥정이 벌어졌다 하면 피도 눈물도 없이 밀어붙이는 성격으로 악명이 높았다.

필킹턴과 프레더릭은 사이가 몹시 나빠서, 서로에게 도움이 되는 이익을 지키는 문제에서도 의견 일치를 보기가 힘들었다. 그런데 동물 농장의 반란 소식이 전해지자 두 사람 모두 몹시 놀라 잔뜩 겁을 집어먹었다. 그들은 자신들의 농장 동물들이 그 소식을 자세히 알지 못하게 하려고 무진 애를 썼다.

처음에는 동물들이 스스로 농장을 운영한다는 소리에 웃기는 일이라며 코웃음을 쳤다. 그들은 한 보름쯤 지나면 모든 일이 깨끗이 정리될 것이라고 장담했다. 그러고는 장원 농장 동물들이 자기들끼리 계속 싸움질을 하고 있으니, 얼마 안 가 모두 굶어 죽고 말 것이라는 소문을 퍼뜨렸다. 그들은 '동물 농장'이라는 이름을 받아들일 수 없다며, 끝까지 '장원 농장'이라고 고집했다.

그러나 시간이 흘러도 동물들이 굶어 죽기는커녕 끄떡도 않자, 프레더릭과 필킹턴은 전략을 완전히 달리했다. 그들은 동물 농장에서는 지금 끔찍하고 잔혹한 일들이 벌어지고 있다고 떠벌리기 시작했다. 그곳 동물들이 서로를 잡아먹고 있으며, 시뻘겋게 불에 달군 편자로 서로를 고문하는가 하면, 암컷을 공동으로 소유하고 있다고 떠들고 다녔다. 그러고는 이것은 자연의 법칙을 거스르고 반란을 꾀한 데 따른 당연한 결과라고 주장했다.

하지만 어느 누구도 그런 이야기를 곧이곧대로 믿지 않았다. 인간들을 쫓아내고 동물들이 스스로 꾸려 가는 멋진 농장이 있다는 소문은 막연하면서도 다소 왜곡된 형태로 계속 번져 나갔다.

그해 내내 반란의 물결이 온 나라의 구석구석을 휩쓸었다. 언제나 고분고분하던 황소들이 갑자기 사나워졌는가 하면, 양들은 산울타리를 부수고 토끼풀을 마구 뜯어 먹었다. 암소들은 우유를 짠 양동이를 뒤집어엎었고, 사냥 말들은 산울타리를 뛰어넘기를 거부하고 등에 탄 사람을 산울타리 너머로 내동댕이쳤다.

무엇보다도 〈영국의 동물들〉이 노랫가락은 물론이고 가사까지도 먼 지방 곳곳까지 널리 알려지게 되었다. 노래는 놀라운 속도로 퍼져 나갔다. 인간들은 그 노래를 그저 우스꽝스럽게 여기는 척했지만, 속으로는 끓어오르는 분노를 참을 수 없었다. 그들은 아무리 동물이라지만 어떻게 그런 쓰레기 같은 경멸스러운 노래를 입에 담을 수 있는지 이해할 수 없다고 떠들어 댔다.

동물들은 그 노래를 부르다가 들키면 그 자리에서 매를 맞았다. 그렇지만 노래 부르는 것을 막을 도리는 없었다. 지빠귀들은 산울타리에 앉아서 그 노래를 재잘거렸고, 비둘기들은 느릅나무에 앉아 구구거리며 노래를 불렀다. 대장장이의 시끄러운 망치질 소리와 교회 종소리에도 그 가락이 스며들어 있었다. 인간들은 그 노래를 들을 때마다 앞으로 다가올 끔찍한 운명에 대한 예언을 듣는 것 같아 남몰래 몸서리를 쳤다.

10월 초순, 곡식을 베어 낟가리를 쌓아 놓고 타작도 웬만큼 해놓았을 즈음이었다. 비둘기 한 떼가 하늘을 빙빙 돌다가 농장 안마당에 다급하게 내려앉았다. 비둘기들은 몹시 흥분한 목소리로, 존스가 폭스우드 농장과 핀치필드 농장에서 나온 일꾼 대여섯 명과 함께 출입문을 넘은 다음 마찻길을 따라 농장으로 올라오고 있다는 소식을 전했다. 모두 몽둥이를 들고 있었는데, 특히 맨 앞에 앞장선 존스는 양손에 총을 들고 있다고 했다. 농장을 탈환하려고 쳐들어오는 것이 틀림없었다.

이것은 오래전부터 예상했던 일이기에 동물들은 이미 만반의 준비를 갖춰 놓았다. 스노볼은 본채에서 율리우스 카이사르가 전쟁에 관해 쓴 책을 발견해 열심히 읽고 연구해 왔던 터였다. 그래서 자연스레 그가 방어 작전의 총지휘를 맡게 되었다. 스노볼이 재빠르게 명령을 내리자, 불과 일이 분 사이에 모든 동물들이 각자 맡은 위치에 자리를 잡았다.

인간들이 농장 건물 쪽으로 가까이 다가오자 스노볼은 첫 번째 공격을 개시했다. 서른다섯 마리나 되는 비둘기들이 인간들의 머리 위로 어지럽게 날아다니며 똥 폭탄을 퍼부었다. 인간들이 비둘기 똥을 털고 피하느라 부산을 떠는 사이, 산울타리 뒤에 숨어 있던 거위들이 돌진하여 그들의 장딴지를 호되게 쪼아 댔다. 그러나 이것은 인간들을 교란시키기 위한 가벼운 전초전일 뿐이었다. 인간들은 그런 줄도 모르고 몽둥이를 휘둘러 거위들을 가볍게 쫓으며 의기양양해했다.

그러자 두 번째 공격 명령이 떨어졌다. 스노볼이 가장 선두에서 지휘하고 뮤리얼과 벤저민, 그리고 양들이 사방에서 일제히 돌진해 인간들을 뿔로 찌르고 머리로 들이받았다. 벤저민은 몸을 뒤로 돌려 작은 발굽으로 발길질을 해 댔다. 그렇지만 징이 박힌 장화를 신고 몽둥이를 든 인간들은 동물들에게 꽤나 힘겨운 상대였다.

갑자기 스노볼이 꽥 소리를 질러 퇴각 신호를 보냈다. 신호와 함께 동물들은 일제히 뒤돌아서 안마당으로 도망쳐 들어왔다.

동물들이 도망을 치자 예상대로 인간들은 승리의 함성을 지르며 무질서하게 동물들을 뒤쫓기 시작했다.

그러나 이것은 바로 스노볼이 의도한 전략이었다. 인간들이 동물들을 쫓으며 안마당으로 들어서자, 외양간에 숨어 있던 말 세 마리와 암소 세 마리, 그리고 돼지들이 갑자기 뛰쳐나와 그들의 뒤쪽을 급습했다.

스노볼은 기회를 놓칠세라 총공격 명령을 내렸다. 그러고는 존스를 향해 달려들었다. 존스는 스노볼이 돌진해 오는 것을 보고 총을 쏘았다. 총알은 스노볼의 등에 핏자국을 남기며 스치고 지나가 양 한 마리를 쓰러뜨렸다. 그러나 스노볼은 조금도 주춤하지 않고 백 킬로그램가량 되는 몸을 날려 존스의 다리를 들이받았다. 존스는 똥거름 더미 위로 나가떨어졌고, 총은 멀찌감치 튕겨 나갔다.

가장 무시무시한 장면의 주인공은 복서였다. 그는 종마처럼 뒷발로 우뚝 서더니 편자를 박은 큼직한 앞발을 사정없이 내리쳤다. 그는 첫 번째 발길질로 폭스우드 농장에서 온 마구간지기 소년의 머리통을 차 버렸다. 마구간지기는 벌렁 나가떨어져 진흙 바닥에 쭉 뻗어 버렸다. 그 광경을 본 몇몇 인간들이 겁에 질린 나머지 몽둥이를 버리고 도망치려고 했다. 동물들은 일제히 마당을 빙글빙글 돌며 인간들을 쫓아다녔다.

인간들은 피를 흘리고 뿔에 떠받히고 물어뜯기고 발에 짓밟혔다. 농장의 동물들은 누구나 할 것 없이 나름의 방식으로 인간에게 복수를 했다. 심지어 고양이까지 나섰다. 그녀는 느닷없이 지붕 위에서 소몰이꾼의 어깨 위로 뛰어내려 발톱으로 목을 할퀴었다. 소몰이꾼은 엄청난 비명을 질러 댔다.

겨우 도망칠 길이 열리자마자, 인간들은 안마당에서 뛰어나가 큰길 쪽으로 줄행랑을 쳤다. 그렇게 공격한 지 채 오 분도 되지 않은 사이에 인간들은 의기양양하게 들어왔던 길로 치욕스럽게 후퇴했다. 거위 떼가 마지막까지 뒤쫓아 가며 장딴지를 쪼아 댔다.

한 명만 빼고 인간들은 모두 도망쳤다. 복서는 진흙 바닥에 얼굴을 처박고 있는 마구간지기를 발굽으로 흔들어 뒤집어 놓으려고 애를 썼다. 그러나 그는 꼼짝도 하지 않았다.

"죽었어."

복서가 비탄에 잠긴 듯한 목소리로 중얼거렸다.

"죽일 생각은 전혀 없었는데……. 내 발굽에 무쇠 편자가 박혔다는 걸 깜박 잊고 있었지 뭐야. 일부러 그런 게 아니라고 아무리 변명해 봤자 누가 믿어 주겠어?"

"감상에 젖어선 안 되오, 동무!"

상처에서 피를 뚝뚝 흘리며 스노볼이 소리쳤다.

"전쟁은 어디까지나 전쟁이오. 오로지 죽은 인간만이 선량한 인간이오."

"목숨을 빼앗고 싶지는 않았어요. 그게 인간의 목숨이라 하더라도 말입니다."

복서가 눈물이 흠뻑 고인 눈으로 계속 중얼거렸다. 그때 누군가가 외쳤다.

"몰리는 어디 갔지?"

정말로 몰리가 보이지 않았다. 갑자기 큰 소동이 일어났다. 모두들 인간들이 어떤 식으로든 그녀를 해쳤거나, 아니면 끌고 갔을지도 모른다고 걱정했다. 하지만 잠시 후, 몰리가 마구간의 여물통에 머리를 처박은 채 숨어 있는 것을 발견했다. 그녀는 총이 발사되자마자 재빨리 도망쳤던 것이다. 몰리를 찾고서 돌아와 보니, 죽은 줄로만 알았던 마구간지기가 어느새 정신을 차리고 달아나 버렸다.

동물들은 미친 듯이 기뻐하며 다시 모였다. 저마다 전투에서 자신들이 세운 공을 목청껏 떠들어 댔다. 곧이어 승리를 축하하기 위한 행사가 열렸다. 깃발을 게양하고 〈영국의 동물들〉을 몇 번이고 노래했다. 이어서 전사한 양을 위해 엄숙히 장례식을 치러 주었다. 양의 무덤 곁에는 아가위나무 한 그루를 심었다. 스노볼은 무덤가에 서서 모든 동물은 동물 농장을 위해서 필요하다면 목숨이라도 바칠 각오를 해야 한다는 것을 강조하는 짤막한 연설을 했다.

동물들은 전공 훈장을 제정하기로 만장일치로 결의했다. 그 자리에서 '제1급 동물 영웅' 훈장을 스노볼과 복서에게 수여했다. 이 훈장은 놋쇠 메달이었는데, 사실 이것은 마구 창고에서 발견한 놋쇠로 만든 말 장식이었다. 훈장은 일요일과 경축일에 착용하도록 했다. 또 '제2급 동물 영웅' 훈장도 제정하여 전사한 양에게 추서(追敍, 죽은 뒤에 관등을 올리거나 훈장 등을 주는 일―옮긴이)했다.

이번 전투를 어떤 이름으로 부를까를 두고 열띤 토론이 벌어졌다. 오랜 토론 끝에 마침내 매복병이 일제히 뛰쳐나온 곳의 이름을 따서 '외양간 전투'라고 부르기로 했다.

동물들은 진흙 속에 처박혀 있던 존스의 총을 찾아냈다. 또 본채에 있는 탄약통에 실탄이 남아 있다는 사실도 알게 되었다. 그들은 존스의 총을 게양대 밑에 대포처럼 설치해 두고 일 년에 두 번 축포를 쏘기로 결정했다. 한 번은 외양간 전투 기념일인 10월 12일, 또 한 번은 반란 기념일인 세례 요한 축일이었다.

제 5 장
논쟁과 대립

겨울이 다가올수록 몰리는 점점 더 골칫거리가 되었다. 아침마다 일터에 늦게 나와서는 깜박 늦잠을 잤다고 변명하기 일쑤였다. 식욕은 왕성하기 이를 데 없어서 먹을 것은 다 찾아 먹으면서도 요즘 이상한 통증에 시달리고 있다고 불평을 늘어놓았다. 언제나 온갖 구실을 대며 일을 하다 말고 빠져나와 물을 마시는 웅덩이로 갔다. 그러고는 물에 비친 자신의 모습을 멍하니 들여다보곤 했다.

그러나 그보다 더욱 심각한 소문이 나돌았다. 어느 날 몰리가 건초 줄기를 입에 물고 기다란 꼬리를 흔들며 신바람이 난 듯 안마당으로 걸어 들어왔다. 그때 클로버가 그녀를 한쪽 구석으로 데리고 가서 말했다.

"몰리, 너한테 아주 중요한 얘기를 해야겠어. 오늘 아침에 네가 우리 농장과 폭스우드 농장 경계선 산울타리 너머를 바라보는 걸 봤어. 폭스우드 농장의 일꾼 하나가 산울타리 저쪽에 서 있더구나. 그리고…… 멀리 떨어져 있었지만 내 눈은 절대로 못 속여. 분명히 그 사람이 너한테 무언가 말을 걸면서 콧등을 쓰다듬었는데, 너는 가만히 내버려 두고 있었어. 몰리, 도대체 어떻게 된 거니?"

"그 사람은 아무 짓도 안 했어! 나도 그렇고! 정말 말도 안 되는 소리야!"

몰리는 펄쩍 뛰며 이렇게 말하더니, 고개를 숙이고는 앞발로 땅바닥을 긁기 시작했다.

"몰리! 내 얼굴을 똑바로 봐. 그 사람이 네 콧등을 쓰다듬지 않았다고 맹세할 수 있어?"

"말도 안 돼! 그건 사실이 아니야."

몰리는 같은 말을 되풀이했지만, 클로버의 얼굴을 똑바로 바라보지는 못했다. 그러더니 곧 들판으로 냅다 달아나 버리고 말았다.

클로버는 문득 짚이는 것이 있었다. 그녀는 다른 동물들한테는 아무 말 하지 않고 몰리의 마구간으로 들어가서 발굽으로 짚더미를 헤집어 보았다. 짚더미 밑에는 조그마한 각설탕 덩어리와 다양한 빛깔의 리본 다발이 숨겨져 있었다.

　사흘 뒤 몰리가 갑자기 자취를 감추었다. 몇 주 동안 그녀의 행방에 대해 아무런 실마리도 잡을 수 없었다. 그러다 비둘기들이 윌링던 어딘가에서 그녀를 보았다는 소식을 전했다. 어떤 술집 앞에 빨간색과 검은색으로 칠한 멋진 이륜마차 한 대가 서 있었는데, 몰리가 바로 그 마차의 끌채를 메고 있더라는 것이었다.

　체크무늬 반바지를 입고 각반을 찬 어떤 남자가 그녀의 콧등을 쓰다듬으며 각설탕을 먹이고 있었다. 불그스레한 얼굴에 뚱뚱한 그 남자는 술집 주인인 듯했다. 몰리는 털을 새로 다듬었고, 앞머리에는 주홍색 리본을 달고 있었다고 했다. 비둘기들은 그녀가 매우 행복해 보였다고 입을 모아 말했다. 그 뒤로는 어느 누구도 두 번 다시 몰리 이야기를 꺼내지 않았다.

　1월이 되자 추위가 뼛속까지 파고들었다. 땅바닥이 쇳덩어리처럼 단단하게 얼어붙어 밭에서는 아무 일도 할 수 없었다. 큰 헛간에서는 회의가 자주 열렸다. 돼지들은 다가올 봄에 할 일들을 계획하느라 바빴다. 누가 보아도 다른 동물들보다 훨씬 더 영리한 돼지들이 농장의 모든 정책을 결정하는 것은 당연한 일로 받아들여졌다. 비록 그들의 결정 사항도 회의에서 다수결의 승인을 받아야 했지만 말이다.

　스노볼과 나폴레옹 사이에 의견 대립만 없다면 이런 방식은 그런대로 원활하게 굴러갔을 것이다. 그러나 이 둘은 대립이 있음직한 문제라면 반드시 서로 반대 의견을 제시하고 사사건건 충돌했다. 한쪽이 보리를 더 많이 심자고 제안하면, 다른 한쪽은 귀리를 더 많이 심어야 한다며 반대하고 나섰다. 또 어느 하나가 이러이러한 밭에는 양배추가 알맞다고 하면, 다른 하나는 뿌리채소 말고는 도통 쓸모없는 밭이라고 주장하며 맞서는 식이었다.

이들에게는 각자 추종자들이 있어서, 때로는 격렬한 논쟁이 벌어지기도 했다. 스노볼은 회의 때마다 뛰어난 연설을 하여 다수의 지지자를 얻었다. 반면 나폴레옹은 기회가 있을 때마다 개별적으로 은밀히 접촉해 짬짬이 표를 끌어모으는 수완이 뛰어났다.

특히 나폴레옹은 양들한테 인기가 있었다. 이 무렵 양들은 시도 때도 없이 "네 발은 좋고, 두 발은 나쁘다!"라고 외쳐 댔는데, 그 때문에 회의가 중단되는 일이 적지 않았다. 알고 보니 양들은 스노볼의 연설이 중요한 대목에 이를 때마다 "네 발은 좋고, 두 발은 나쁘다!"를 외쳐 대는 경향이 있었다.

스노볼은 본채에서 발견한 《농부와 목축업자》라는 해묵은 잡지 몇 권을 면밀히 연구하여 여러 가지 개혁안과 개선안을 잔뜩 내놓았다. 그는 농장 배수로와 사료 저장법, 인산석회(동물의 뼈나 이의 주성분으로 에나멜과 거름 등의 원료로 쓰인다.—옮긴이) 등에 관해 제법 전문가처럼 설명했다. 또 똥거름을 실어 나르는

데 드는 시간과 노동력을 줄이기 위해 모든 동물들이 날마다 농장의 다른 장소에서 직접 똥을 누도록 하는 복잡한 시스템을 만들었다.

나폴레옹은 자신이 직접 구상한 계획을 제안한 적은 없었다. 하지만 스노볼의 계획은 아무 쓸모가 없을 것이라고 조용히 말하면서 좋은 기회가 오기를 기다리고 있는 듯했다.

스노볼과 나폴레옹이 벌인 논쟁 가운데에서도 가장 치열했던 것은 풍차 건설을 둘러싸고 벌어진 의견 충돌이었다.

농장 건물에서 그다지 멀지 않은 길쭉한 목초지 안에 작은 언덕이 하나 있었는데, 그곳이 농장에서 가장 높은 곳이었다. 스노볼은 농장의 지형을 살펴본 뒤, 그곳이 풍차를 세우기에 가장 알맞은 장소라고 말했다. 그는 풍차로 발전기를 돌리면 농장에 전기를 공급할 수 있다고 했다. 그렇게 되면 축사에 전등을 달아 환하게 밝힐 수 있고, 겨울에는 난방도 할 수 있으며, 원형 톱이나 작두는 말할 것도 없고 사료 절단기와 전기 착유기 등을 돌릴 수도 있다는 것이었다.

스노볼은 동물들이 들판에서 한가롭게 풀을 뜯거나 책을 읽고 대화를 나누며 교양을 쌓는 동안, 이 환상적인 기계들이 그들의 일을 대신해 줄 것이라고 그림을 보여 주듯 생생하게 설명했다. 동물들은 지금까지 이런 기계에 대해 들어 본 적도 없었다. 이 농장은 구식이어서 극히 원시적인 기구밖에 없었던 것이다. 그래서인지 모두 놀라운 표정으로 스노볼의 말에 귀를 기울였다.

몇 주일이 지나 스노볼의 풍차 건설 계획이 완성되었다. 기계에 관한 세부 사항은 대부분 존스 부인이 읽던 《집 수리에 관한 천 가지 방법》,《누구나 벽돌공이 될 수 있다》,《기초 전기 지식》 같은 책을 보고 참고했다.

스노볼은 예전에 인공 부화장으로 사용했던 가축우리 하나를 자신의 연구실로 사용했다. 바닥에 매끄러운 널빤지가 깔려 있어서 제도하기에 안성맞춤인 곳이었다. 그는 그곳에 한번 들어갔다 하면 몇 시간이고 틀어박혀 나오지 않았다. 책을 펼쳐서 돌로 눌러놓고는, 앞발굽 사이에 분필을 끼워 재빠르게 이리저리 움직여 한 줄 두 줄 선을 그어 댔다. 그러면서 흥분한 나머지 자기도 모르게 작은 소리로 뭐라고 중얼거리거나 코를 킁킁거리기도 했다.

설계도는 점차 무수한 크랭크와 톱니바퀴로 복잡하게 얽혀 가면서 바닥을 절반 넘게 차지했다. 다른 동물들은 설계도를 전혀 이해할 수 없었지만 어쨌든 아주 깊은 감동을 받았다. 적어도 하루 한 번씩은 모두가 스노볼의 설계도를 보러 왔다. 암탉과 오리도 찾아와 분필로 그려진 설계도를 밟지 않으려고 조심스레 움직이며 구경하곤 했다.

오직 나폴레옹만이 냉담한 반응을 보였다. 그는 처음부터 공공연하게 자신은 풍차 건설을 반대한다고 밝혀 왔다. 그러던 그가 어느 날 느닷없이 설계도를 보겠다며 나타났다. 그는 어슬렁어슬렁 돌아다니면서 설계도의 세밀한 부분까지 면밀히 살폈다. 한두 번은 킁킁 냄새를 맡아 보기도 했다. 그러다가 잠시 곁눈으로 설계도를 노려보더니, 갑자기 한쪽 다리를 쳐들고는 그 위에 대고 오줌을 갈겼다. 그러고는 말없이 뚜벅뚜벅 걸어 나가 버렸다.

풍차 건설 문제를 둘러싸고 농장 전체가 두 파로 심각하게 갈라졌다. 스노볼 역시 풍차 건설이 어려운 일이라는 사실을 부정하지 않았다. 돌을 깨어 벽을 세우고 풍차의 날개도 만들어야 하며, 그다음에는 발전기와 전선을 설치해야 했다. 그는 이런 것을 만드는 자재들을 어떤 식으로 구할지에 대해서는 아무런 대책도 내놓지 않았다.

그러면서도 풍차는 적어도 일 년 안에 완성할 수 있다고 주장했다. 풍차가 완성되면 노동력이 크게 절감되어 동물들은 일주일에 사흘만 일하면 될 것이라고 장담했다.

한편 나폴레옹은 지금 무엇보다도 가장 시급한 문제는 식량 증산이라고 주장했다. 풍차 건설에 시간과 노력을 낭비하다 보면 모두 굶어 죽는 것은 시간 문제라고 했다. 마침내 동물들은 두 파로 갈라졌다. 한쪽은 "스노볼에 투표하면 주 삼 일 노동!"이라는 구호를, 다른 한쪽은 "나폴레옹에 투표하면 여물통에 건초가 가득!"이라는 구호를 내세웠다.

어느 쪽에도 가담하지 않은 것은 오직 벤저민뿐이었다. 그는 식량이 증산된다는 주장도, 풍차가 노동을 덜어 준다는 주장도 믿지 않았다. 풍차가 있든 없든 삶은 옛날과 마찬가지로 흘러갈 것이라고, 즉 여전히 고생바가지일 것이라고 말했다.

풍차 건설뿐만 아니라 농장 방위 문제를 둘러싼 대립도 심각했다. 인간들이 외양간 전투에서는 패배했지만, 존스에게 농장을 되찾아 주기 위해 다시 한 번 공격을 감행할 것이라는 사실은 충분히 예측할 수 있었다. 그들이 그렇게 할 이유는 너무나 분명했다. 인간이 패배했다는 소식이 근처 여러 농장에 퍼지는 바람에 그곳의 동물들을 전보다 더욱 다루기 힘들게 되었기 때문이다.

늘 그랬듯 이 문제에 대해서도 스노볼과 나폴레옹은 서로 의견이 맞지 않았다. 나폴레옹은 총기를 입수하여 동물들이 다룰 수 있도록 훈련을 해야 한다고 주장했다. 그러나 스노볼은 다른 농장에 파견할 비둘기의 수를 늘려서 그곳의 동물들이 반란을 일으키도록 부추겨야 한다고 했다. 한쪽은 스스로를 방어할 수 없다면 반드시 정복당하고 말 것이라는 생각인 반면, 다른 한쪽은 곳곳에서 반란이 일어난다면 스스로를 방어할 필요조차 없을 것이라는 생각이었다.

동물들은 처음에는 나폴레옹의 말에 귀를 기울였다가 나중에는 스노볼의 말에 귀를 기울였다. 그들은 과연 어느 쪽이 옳은지

판단을 내릴 수 없었다. 사실 나폴레옹 앞에 있으면 나폴레옹이 옳은 것 같았고, 스노볼이 앞에서 이야기하면 스노볼이 옳은 것 같았다. 늘 눈앞에 있는 대상에게 동의하는 식이었다.

마침내 스노볼의 설계도가 완성되었다. 일요일에 열리는 회의에서 풍차 건설에 착수할 것인지 말 것인지를 투표로 결정하기로 했다.

동물들이 모두 큰 헛간에 모였다. 스노볼이 먼저 풍차를 건설해야 하는 이유를 설명했다. 이따금씩 양들이 매매거리며 훼방을 놓았다. 스노볼의 연설이 끝나자, 곧이어 나폴레옹이 자리에서 일어났다. 그는 매우 차분한 목소리로, 풍차 건설은 얼토당토않은 일이니 어느 누구도 찬성표를 던져서는 안 된다고 말하고는 자리에 앉았다. 그의 연설은 채 삼십 초도 걸리지 않았는데, 자신의 연설에 동물들이 어떤 반응을 보이는지는 아무런 관심이 없는 듯했다.

다시 스노볼이 자리에서 일어났다. 그는 계속 시끄럽게 떠드는 양들에게 조용히 하라고 소리친 뒤, 풍차 건설을 지지해 달라고 열변을 토하기 시작했다. 그때까지 양쪽의 지지자는 거의 반반으로 나뉘어 있었다. 그러나 스노볼의 열정적인 연설이 순식간에 동물들의 마음을 사로잡았다.

스노볼은 동물들의 어깨에서 노동이라는 끔찍하고 무거운 짐이 사라진 동물 농장의 미래상을 손에 잡힐 듯 생생하게 묘사했다. 그의 상상력은 여물을 써는 작두나 무 절단기 따위의 수준을 훨씬 뛰어넘고 있었다. 전기로 모든 축사에 전용 전등과 냉온수 시설, 난방기를 제공할 뿐만 아니라 탈곡기, 쟁기, 써레, 땅고르개, 수확기와 바인더까지 가동할 수 있다고 말했다.

스노볼이 연설을 마쳤을 때쯤에는 투표의 결과가 어떻게 나올지 불을 보듯 뻔했다. 바로 그 순간 나폴레옹이 자리에서 벌떡 일어났다. 그러고는 아주 이상한 눈초리로 스노볼을 곁눈질하더니, 지금껏 한 번도 들어 본 적이 없는 찢어질 듯 날카로운 소리를 질렀다.

그러자 밖에서 무시무시하게 짖어 대는 소리가 났다. 이윽고 놋쇠 장식이 박힌 목걸이를 한 커다란 개 아홉 마리가 헛간으로 뛰어 들어와 곧장 스노볼을 향해 달려들었다. 스노볼은 자리에서 펄쩍 뛰어 개들의 이빨을 아슬아슬하게 피했다. 그가 재빨리 문밖으로 달아나자 개들이 일제히 그의 뒤를 쫓았다. 동물들은 너무나 놀라 입도 떼지 못한 채 서로 밀치며 문 쪽으로 몰려가 추격전을 지켜보았다.

스노볼은 큰길로 이어지는 기다란 목초지를 가로질러 도망쳤다. 있는 힘을 다해 열심히 달렸지만 돼지가 낼 수 있는 속도에는 한계가 있었기 때문에 금세 개들이 그의 발꿈치까지 바짝 따라붙었다. 그때 스노볼이 갑자기 미끄러져 넘어지고 말았다. 이제는 정말 잡히는가 싶은 순간, 그는 재빨리 일어나 조금 전보다 더 빠르게 달렸다. 개들도 여전히 그 뒤를 쫓았다.

개 한 마리가 스노볼의 꼬리를 물려는 찰나, 스노볼은 꼬리를 흔들어 간신히 위기에서 벗어났다. 그러고는 마지막 힘을 다해 달려 개들과 겨우 몇 센티미터 차이로 산울타리 구멍을 빠져나가 그대로 어디론가 자취를 감추고 말았다.

동물들은 모두 겁에 질린 채 아무 말도 못 하고 슬금슬금 헛간으로 돌아왔다. 곧이어 개들도 되돌아왔다. 처음에는 이 개들이 도대체 어디에 있다가 나타난 것인지 아무도 몰랐지만, 수수께끼는 금세 풀렸다. 그들은 나폴레옹이 예전에 제시와 블루벨한테서 떼어 내 몰래 키워 온 강아지들이었다. 아직 완전히 다 자라지 않았는데도 몸집이 무척 크고 늑대처럼 사나워 보였다. 개들은 나폴레옹 곁에 바싹 붙어서 존스 시절에 다른 개들이 존스에게 그랬던 것처럼 나폴레옹을 보며 꼬리를 흔들어 댔다.

나폴레옹은 개들을 거느리고 예전에 메이저 영감이 연설을 했던 연단으로 올라갔다. 그는 이제부터 일요일 아침에 열리는 회의를 폐지한다고 선언했다. 그런 모임은 쓸데없는 시간 낭비일 뿐이라는 것이었다.

또 앞으로 농장 운영에 관한 모든 문제는 돼지들로 구성된 특별 위원회가 결정할 것이라고 했다. 자신이 직접 주재하는 이 위원회는 비공개로 운영되고, 결정 사항은 나중에 동물들에게 통보될 것이라고 했다. 동물들은 여전히 일요일 아침마다 모여

서 깃발에 경례하고 〈영국의 동물들〉을 합창한 뒤 그 주에 할 일을 하달받겠지만, 토론은 허용되지 않는다고 했다.

동물들은 스노볼이 추방되는 상황을 목격하며 몹시 큰 충격을 받았는데도 불구하고, 나폴레옹의 선언을 듣고서 실의에 빠졌다. 적당한 말을 생각해 낼 수만 있었다면 몇몇은 당장 항의했을 것이다. 복서조차도 막연하게나마 불안을 느꼈다. 그는 귀를 뒤로 젖힌 채 앞머리 갈기를 몇 번이나 흔들며 생각을 정리해 보려고 애썼다. 하지만 끝내 할 말을 한마디도 떠올리지 못했다.

돼지들 중에는 생각한 것을 나름대로 분명하게 말할 수 있는 영리한 이들이 몇 있었다. 앞줄에 자리 잡고 있던 젊은 식용 돼지 네 마리가 일제히 일어나 날카로운 목소리로 따지기 시작했다. 그러자 나폴레옹을 둘러싸고 앉아 있던 개들이 갑자기 위협하듯 낮게 으르렁거렸다. 돼지들은 조용히 입을 다물고 다시 자리에 앉았다. 이때 양들이 큰 소리로 "네 발은 좋고, 두 발은 나쁘다!"라고 외쳐 댔다. 그들이 거의 십오 분 동안이나 매매거리는 바람에 이야기할 기회는 완전히 사라져 버리고 말았다.

나중에 스퀼러가 농장 곳곳을 돌아다니며 이 새로운 조치에 대해 동물들에게 설명했다.

"동무들! 여기에 있는 여러분은 희생을 무릅쓰고 중책을 맡고 있는 나폴레옹 동무에게 고마움을 느끼고 있으리라 믿습니다.

동무들, 남을 지도하는 위치에 있다는 것이 즐거운 일이라고 생각하지 마십시오! 즐겁기는커녕 오히려 막중한 책임을 지는 일입니다. 모든 동물이 평등하다는 사실을 나폴레옹 동무만큼 확신하고 있는 이도 없을 겁니다.

나폴레옹 동무는 여러분 스스로 모든 것을 결정하기를 바라고 있습니다. 그러나 여러분은 어쩌다 잘못된 판단을 할 수도 있지요. 그런 일이 벌어진다면 우리의 운명은 도대체 어떻게 되겠습니까? 만약 여러분이 풍차 운운하며 말도 안 되는 소리를 늘어놓던 스노볼을 따르기로 결정했더라면 어떻게 되었을까요? 모두가 알다시피 스노볼은 범죄자입니다."

"하지만 그는 외양간 전투에서 용감하게 싸웠잖아요."

누군가가 이의를 제기했다.

"용감한 것만으로는 충분치 않아요."

스퀼러가 대꾸했다.

"충성과 복종이 더욱 중요합니다. 그리고 외양간 전투에서 스노볼의 공이 지나치게 과장되었다는 사실을 알게 될 때가 올 겁니다. 동무들! 규율, 철통 같은 규율! 이것이 지금부터 우리의 구호입니다. 한 걸음이라도 잘못 디디면 적들은 그 순간을 놓치지 않고 우리를 덮칠 거예요. 설마하니 여러분은 존스가 다시 돌아오기를 바라지는 않겠지요?"

스퀼러가 이런 식으로 이야기를 하자 아무도 반박하지 못했다. 어느 누구도 존스가 돌아오기를 바라지 않았다. 만약 일요일 아침의 회의를 고집하는 것이 존스가 돌아오는 결과를 낳는다면 당연히 회의는 중단될 수밖에 없었다.

복서는 한참 동안 이 문제를 골똘히 생각한 끝에 동물들 대부분의 생각을 대변해 말했다.

"나폴레옹 동무가 그렇게 말했다면 그게 옳은 거겠지."

그리고 그때부터 복서는 "내가 좀 더 일하면 돼."라는 자신의 좌우명에 "나폴레옹 동무는 언제나 옳다."라는 구절을 덧붙였다.

어느새 날씨가 풀려 봄갈이가 시작되었다. 스노볼이 풍차를 설계하던 가축우리는 폐쇄되었다. 모두들 바닥에 그려진 설계도도 깨끗이 지워졌을 거라고 생각했다.

매주 일요일 아침 열 시가 되면 동물들은 언제나 큰 헛간에 모여 그 주에 할 일을 지시받았다. 이제는 살점이 완전히 떨어져 나가 깨끗해진 메이저 영감의 두개골을 과수원의 무덤에서 파내어 게양대 아래에 있는 나무 그루터기 위에 총과 함께 나란히 안치해 놓았다. 동물들은 깃발을 게양하고 난 뒤 헛간으로 돌아가기 전에 이 두개골 앞을 엄숙하게 행진하며 지나가야 했다.

이제 동물들은 예전처럼 옹기종기 모여 앉지 않았다. 나폴레옹과 스퀼러, 그리고 노래와 시를 짓는 데 뛰어난 재능을 지닌 미니머스라는 돼지가 높게 쌓아 올린 연단 위에 앉았다. 그러면 개 아홉 마리가 그들을 반원형으로 둘러싸고 앉았으며, 그 뒤로 다른 돼지들이 자리를 잡았다. 나머지 동물들은 연단 쪽을 바라보며 헛간 가운데 바닥에 앉았다.

나폴레옹이 군인처럼 투박하고 무뚝뚝한 말투로 그 주에 수행할 명령을 읽고 나면, 동물들은 〈영국의 동물들〉을 한 번 합창한 다음 해산했다.

스노볼이 추방된 지 삼 주가 지난 일요일이었다. 나폴레옹이 어찌 되었든 풍차를 건설할 것이라고 발표하자 동물들은 무척 놀랐다. 그는 마음을 바꾼 이유는 밝히지 않았다. 다만 이 특별한 사업을 위해서는 상당히 힘겨운 중노동을 해야 하며, 어쩌면 식량 배급마저 줄여야 할지도 모른다고 말할 뿐이었다.

하지만 풍차 건설 계획은 이미 매우 세밀한 부분까지 철저하게 준비되어 있었다. 돼지들로 구성된 특별 위원회가 지난 삼 주 동안 이 계획에 몰두해 왔던 것이다. 풍차 건설은 그에 따르는 다른 여러 개량 사업을 포함해서 이 년이 걸릴 것으로 예상되었다.

그날 밤, 스퀼러는 사적인 자리에서 다른 동물들에게 사실 나폴레옹은 풍차 건설을 반대한 게 아니었다고 털어놓았다. 오히려 그 반대였다는 것이다. 본디 풍차 건설을 주장한 것은 나폴레옹이었고, 더 놀라운 사실은 부화장 바닥에 그려 놓은 설계도도 스노볼이 나폴레옹의 서류에서 훔쳐 낸 것이라고 했다. 그러니까 원래 풍차는 나폴레옹의 독창적인 아이디어였다는 말이었다.

그러자 누군가가 그것을 고안한 당사자가 왜 그토록 완강하게 풍차 건설을 반대했느냐고 물었다. 스퀼러는 아주 교활한 표정을 지으며, 그것이 바로 나폴레옹의 책략이었다고 말했다. 나폴레옹이 풍차 건설을 반대하는 척한 것은, 동물들에게 나쁜 영향을 끼치는 위험 인물 스노볼을 제거하기 위한 작전이었다는 것이다. 이제 스노볼이 없으니, 그의 방해 없이 풍차 건설 사업을 추진할 수 있다고 했다. 스퀼러는 그것이 이른바 전술이라고 했다. 그는 꼬리를 흔들며 이리저리 빙빙 돌고, 유쾌하게 웃으면서 몇 번이나 되풀이하여 말했다.

"전술! 전술이란 말입니다. 동무들, 그게 바로 전술이지요!"

동물들은 그 말이 무슨 뜻인지 잘 알 수 없었다. 그러나 스퀼러가 워낙 설득력 있게 말을 잘하는 데다가 그를 따라온 개 세 마리가 위협하듯 으르렁거리는 모습을 보고서는 더 이상 아무 질문도 하지 않고 조용히 있었다.

제 6 장
풍차를 위하여

그해 내내 동물들은 노예처럼 일만 했다. 그러나 힘겨운 노동에 치여 살면서도 마냥 행복하기만 했다. 자신들이 하는 일은 모두 자신과 후손을 위한 것이지, 결코 빈둥빈둥 놀며 착취하는 인간들을 위한 것이 아니라는 사실을 잘 알고 있었기 때문이다. 그렇기에 어떤 노력과 희생도 아깝지 않았다.

봄과 여름 동안 동물들은 일주일에 무려 육십 시간이나 일했다. 그런데 8월이 되자 나폴레옹은 앞으로는 일요일 오후에도 일을 해야 한다고 선언했다. 그것은 전혀 강제성이 없는 자발적인 노동이지만, 참여하지 않는 동물은 누구든 식량을 예전보다 절반만 배급받게 될 것이라고 했다.

그렇게 고되게 일을 했는데도 몇 가지 사업은 도중에 중단할 수밖에 없었다. 수확도 지난해보다 조금 줄었다. 초여름에 뿌리 채소를 심을 예정이었던 밭 두 뙈기가 있었는데, 밭갈이를 제때 마치지 못한 바람에 씨를 뿌리지 못하고 말았다. 다가오는 겨울이 고달프리라는 것은 충분히 예상할 수 있는 일이었다.

풍차 건설 사업은 뜻밖의 어려움에 봉착했다. 농장에는 질 좋은 석회암 채석장이 있는 데다가 헛간 한쪽에서 상당량의 모래와 시멘트가 발견되었기 때문에 필요한 건축 자재는 손쉽게 구할 수 있었다. 그렇지만 무엇보다도 먼저 동물들이 해결해야 할 문제는 돌을 어떻게 알맞은 크기로 깨고 다듬느냐 하는 것이었다. 돌을 깨기 위해서는 곡괭이와 지렛대를 이용해야 하는데, 동물들은 뒷다리로 설 수 없기 때문에 그런 연장들이 무용지물이었다.

몇 주 동안 이런저런 방법들로 헛된 노력을 되풀이한 끝에, 누군가가 그럴듯한 방안을 내놓았다. 중력을 이용해 보면 어떨까 하는 생각이었다. 채석장에는 너무 커서 쓸모가 없는 돌들이 여기저기에 널려 있었다. 동물들은 그 돌에 밧줄을 묶은 다음 그것을 끌고 그야말로 죽을힘을 다해 채석장 꼭대기까지 느릿느릿 올라갔다. 소, 말, 양뿐만 아니라 어떻게든 밧줄을 잡을 수 있는 동물은 모두 힘을 보탰다. 급박한 상황일 때는 돼지들까지도 합세했다. 그렇게 끌고 올라간 돌덩이를 채석장 꼭대기에서 아래로 밀어 떨어뜨리면 산산조각이 났다.

그에 비하면 깨진 돌을 운반하는 일은 쉬운 편이었다. 말들은 수레에 돌을 가득 실어 나르고, 양들은 한 조각씩 끌고 갔다. 뮤리얼과 벤저민도 낡은 이륜마차를 끌며 그들의 몫을 했다.

여름이 끝날 무렵이 되자 돌은 충분히 쌓였다. 마침내 돼지들의 감독 아래 공사가 시작되었다. 그러나 공사는 몹시 힘들고 더디게 진행되었다. 바위 덩어리 하나를 채석장 꼭대기까지 끌어 올리는 데만 꼬박 하루가 걸린 적도 여러 번 있었다. 어떤 때는 돌을 꼭대기 위에서 밀어 떨어뜨려도 제대로 깨지지 않기도 했다.

만약 복서가 없었다면 아무 일도 해내지 못했을 것이다. 복서 혼자의 힘이 다른 동물들의 힘 모두를 합친 것과 거의 맞먹는 듯했다. 끌고 올라가던 돌덩이가 미끄러지기라도 하면 밧줄을 끌던 동물들이 끔찍한 비명을 지르며 언덕 아래로 질질 끌려 내려가곤 했다. 그때마다 혼신의 힘으로 밧줄을 끌어당겨 구해 주는 이가 바로 복서였다.

복서는 가쁜 숨을 훅훅 몰아쉬며, 우람한 옆구리에 땀이 흥건한 채 발굽으로 땅을 긁으면서 힘겹게 비탈길을 오르곤 했다. 그 모습을 보는 동물들은 저도 모르게 절로 머리를 숙이며 감탄하였다. 클로버는 그런 복서에게 몸을 너무 혹사하지 말라고 충고했다. 하지만 복서는 막무가내였다.

"내가 좀 더 열심히 일하면 돼."

"나폴레옹 동무는 언제나 옳다."

복서에게는 이 좌우명이 모든 어려운 문제를 해결해 주는 답인 듯했다. 그는 젊은 수탉에게 이제부터는 아침에 삼십 분이 아니라 사십오 분 일찍 깨워 달라고 부탁했다. 또 요즘에는 거의 없다시피 한 여가 시간을 쪼개어 짬이 날 때마다 채석장에 가서 깨진 돌덩이를 한 짐씩 모아 혼자 힘으로 풍차 공사장까지 날랐다.

그해 여름 내내 작업은 고되었지만 동물들의 생활은 그다지 나쁜 편은 아니었다. 존스 시절보다 식량이 풍족하다고 할 수는 없었어도, 그보다 못하지도 않았다. 낭비벽이 심한 인간들을 다섯 명씩이나 먹여 살릴 필요가 없다는 것은 상당한 이점이었다. 웬만한 흉작이 여러 해 계속되지 않는 한 그 이점은 사라지지 않을 것이었다.

동물들의 작업 방식은 여러 면에서 인간보다 능률적이어서 노동력을 절감할 수 있었다. 예를 들어 잡초 제거는 인간이라면 도저히 불가능할 정도로 완벽하게 했다. 또 어느 누구도 물건을 훔치지 않았기 때문에 목초지와 경작지 사이에 굳이 산울타리가 있어야 할 이유가 없었다. 그래서 산울타리나 문짝을 유지하고 손질하는 데 드는 비용과 노력도 상당량 줄일 수 있었다.

그런데 여름이 지나면서 여러 가지 예상치 못했던 부족함을 느끼게 되었다. 파라핀유, 못, 철사, 개에게 먹일 비스킷, 편자에 쓸 무쇠까지 부족한 게 한두 가지가 아니었다. 문제는 그 모두가 농장에서 만들어 낼 수 없는 것들이라는 점이었다. 나중에는 씨앗과 화학 비료는 물론이고 갖가지 연장과 풍차를 짓는 데 쓸 기계도 필요할 것이었다. 그러나 이런 것들을 어떻게 구할 수 있을지는 아무도 알지 못했다.

어느 일요일 아침, 동물들이 작업 지시를 받기 위해 모두 헛간에 모이자 나폴레옹은 새로운 정책을 발표했다. 이제부터 이웃 농장들과 거래를 할 것이라는 내용이었다. 그것은 상업적인 목적 때문이 아니라 긴급히 꼭 필요한 자재를 얻기 위해서라고 했다.

나폴레옹은 풍차 건설에 필요한 물품들이 다른 어떤 것보다 우선시되어야 한다고 주장했다. 그래서 지금 건초 더미와 올해 수확한 밀 약간을 판매하기 위해 교섭 중이라고 했다. 이러고도 앞으로 더 많은 돈이 필요하게 된다면 윌링던 시장에 달걀을 내다 팔아야 할지도 모른다고 말했다. 그러면서 암탉들에게 이러한 희생이 풍차 건설을 위해 그들만이 할 수 있는 아주 특별한 공헌이라고 생각하고 감수하라고 했다.

동물들은 또다시 막연한 불안감을 느꼈다. 인간들과는 절대로 관계를 맺지 않을 것, 절대로 거래하지 않을 것, 절대로 돈을 사용하지 않을 것. 이것들은 존스를 추방한 직후 열렸던 첫 회의에서 승리감을 만끽하며 가결한 최초의 결의 사항이 아니었던가? 동물들은 모두 그 결의를 생생하게 기억하고 있었다. 아니, 적어도 기억하고 있다고 생각했다.

나폴레옹이 회의를 폐지했을 때 항의를 시도했던 젊은 돼지 네 마리가 조심스레 말을 꺼내려 했다. 하지만 개들이 위협하듯 으르렁거리는 바람에 즉시 입을 다물어 버렸다. 바로 그때 양들이 늘 그랬듯이 일제히 "네 발은 좋고, 두 발은 나쁘다!"라고 외쳤고, 덕분에 순간적으로 어색해졌던 분위기가 그런대로 무마되었다.

나폴레옹은 앞발을 들어 동물들에게 조용히 하라는 신호를 보냈다. 그러고는 이미 모든 준비를 끝내 놓았다고 말했다. 어떤 동물도 인간과 직접적으로 접촉할 필요가 없다고 했다. 인간과 접촉한다는 것은 결코 바람직한 일이 아니므로, 나폴레옹 자신이 모든 짐을 짊어질 작정이라는 것이었다.

그러면서 앞으로는 윌링던에 사는 휨퍼라는 변호사가 동물 농장과 바깥세상의 중개인 노릇을 할 것이라고 했다. 휨퍼는 나폴레옹의 지시를 받기 위해 매주 월요일 아침마다 농장에 들를 예정이었다. 나폴레옹이 언제나처럼 "동물 농장이여, 영원하라!"라는 구호로 연설을 마치자, 동물들은 〈영국의 동물들〉을 합창한 뒤 해산했다.

그 뒤 스퀼러가 농장을 돌아다니면서 동물들의 불안감을 잠

재우려고 애를 썼다. 그는 동물들에게 인간들과 거래하지 않는다거나 돈을 사용하지 않는다는 결의는 통과된 적도, 심지어는 그러한 결의안이 제출된 일조차도 없었다고 말했다. 그것은 순전히 상상에 지나지 않는데, 그 상상의 발단을 추적해 보면 스노볼이 퍼뜨린 거짓말에서 시작된 듯하다는 것이었다. 그래도 몇몇이 여전히 믿지 못하겠다는 의혹의 눈길을 보내자, 스퀼러가 날카롭게 반문했다.

"동무들, 혹시 꿈속에서 본 것 아닙니까? 아니면 그런 결의를 했다는 기록이라도 갖고 있는 건가요? 그게 어디 써 있기라도 합니까?"

그것은 분명 기록으로는 존재하지 않는 내용이었다. 그래서 동물들은 자신들이 착각한 모양이라고 생각하고 말았다.

나폴레옹이 말한 대로 휨퍼는 매주 월요일 아침마다 동물 농장을 찾아왔다. 구레나룻을 기르고 몹시 교활해 보이는 인상에 체구가 작은 남자였다. 그는 주로 자질구레하고 시시한 일들만 맡아서 처리하는 보잘것없는 변호사였다. 그러나 동물 농장에 중개인이 필요하며 수수료도 꽤나 짭짤할 것이라는 사실을 누구보다도 먼저 알아차릴 만큼 영리한 인물이었다.

동물들은 두려운 마음으로 휨퍼가 드나드는 것을 지켜보았다. 그리고 되도록 그와 마주치지 않으려고 했다. 한편으로는 네 다리로 선 나폴레옹이 두 다리로 서 있는 휨퍼에게 이런저런 지시를 내리는 모습을 보자 우쭐한 기분이 들기도 했다. 그 때문에 몇몇 동물들은 새로운 조치를 만족스럽게 받아들였다.

이제 인간과의 관계는 예전과 완전히 달라졌다. 물론 동물 농장이 번창한다고 해서 인간들이 동물 농장을 전보다 덜 증오하는 것은 아니었다. 오히려 증오심은 더욱 커졌다. 인간들은 동물 농장이 곧 붕괴할 것이며, 특히 풍차 건설은 당연히 실패하고 말 것이라고 확신했다. 그들은 선술집에 모여 앉아서, 풍차는 반드시 완공되기도 전에 무너질 것이고, 설사 완공되더라도 절대 제대로 작동하지 않을 것이라고 그림까지 그려 가며 증명해 보이곤 했다.

그러나 그러면서도 인간들은 동물들이 효율적으로 농장을 운영한다는 사실에 일종의 존경심 비슷한 감정을 품었다. 인간들이 농장을 예전처럼 '장원 농장'이라 부르지 않고 '동물 농장'이라는 정식 명칭으로 부르기 시작했다는 것이 그 중요한 증거였다. 또 이제는 더 이상 존스를 옹호하지도 않았다. 이 무렵 존스는 농장을 되찾겠다는 꿈을 버리고 다른 곳으로 가서 살고 있었다.

동물 농장은 아직까지 휨퍼를 통한 거래 말고는 바깥세상과 직접적으로 접촉하지 않았다. 그런데 나폴레옹이 폭스우드 농장의 필킹턴과 핀치필드 농장의 프레더릭 중 어느 한쪽과 거래를 트려 한다는 소문이 끊이지 않았다. 두 사람과 동시에 거래

관계를 맺지는 않을 것이라고 했다.

바로 이 무렵, 돼지들이 갑자기 본채에서 생활을 하기 시작했다. 동물들은 어떤 동물도 집에서 살면 안 된다고 했던 것이 어슴푸레 기억났다. 그러나 이번에도 스퀼러가 그런 일은 없었다며 설득하고 나섰다.

그는 돼지들은 농장의 두뇌 역할을 하므로 조용한 장소에서 일할 필요가 있다고 설명했다. 최근 들어 그는 나폴레옹에게 '지도자'라는 칭호를 붙여 부르기 시작했는데, 지도자의 권위를 세우기 위해서라도 평범한 돼지들이 사는 돼지우리보다는 집에서 지내는 것이 격에 맞다고 했다.

그런데 얼마 뒤에는 돼지들이 인간처럼 식당에서 식사를 하고 응접실을 휴게실로 사용할 뿐만 아니라, 침대에서 잠을 잔다는 말까지 나돌았다. 몇몇 동물들이 고개를 갸우뚱거리며 강한 의구심을 드러내기 시작했다.

복서는 여느 때와 마찬가지로 "나폴레옹 동무는 언제나 옳다."라고 말하며 넘어가려 했다. 하지만 클로버는 분명히 침대에서 잠을 자서는 안 된다고 명시한 계명이 있었음을 기억했다. 그녀는 헛간 벽을 바라보며 '일곱 계명'을 읽어 보려고 했다. 그러나 알파벳을 하나하나 더듬는 것이 고작이었기 때문에 뮤리얼에게 부탁했다.

"뮤리얼, 네 번째 계명 좀 읽어 줘요. 침대에서 잠을 자면 안 된다고 쓰여 있지 않나요?"

뮤리얼은 더듬거리며 힘들게 읽어 나갔다.

"이렇게 적혀 있네요. '어떤 동물도 '시트를 깐' 침대에서 잠을 자서는 안 된다.'라고 말이에요."

이상하게도 클로버는 네 번째 계명에 시트에 관한 내용이 있었는지 아무리 생각해 봐도 기억이 나지 않았다. 그러나 어쨌든 지금은 벽에 분명히 그렇게 쓰여 있으므로, 틀림없는 사실인 모양이라고 생각하고 말았다. 이때 마침 두서너 마리의 개를 이끌고 지나가던 스퀼러가 이 문제의 진상을 명확히 밝혀 주었다.

"동무들, 아마 소문을 들은 모양이로군요. 우리 돼지들이 요즘 본채의 침대에서 잠을 잔다는 이야기 말입니다. 그건 사실입니다. 그런데 그러면 안 되는 이유라도 있습니까? 설마 침대에서 자면 안 된다는 규칙이 있다고 생각하는 건 아닐 테지요? 침대는 그저 잠을 자는 곳일 뿐입니다. 엄밀히 따지자면 외양간에 짚을 깔아 놓은 것도 침대라고 할 수 있지요.

규칙에는 시트 사용을 금지하고 있을 뿐입니다. 시트는 인간이 발명한 것이니까요. 우리는 본채에 있는 침대에서 시트를 벗겨 버리고 담요를 깔고 잡니다. 그것도 아주 안락한 침대더군요! 그렇지만 요즘 우리가 하는 정신노동을 생각한다면, 그 정도의 편안함도 충분치는 않아요. 동무들, 설마하니 우리한테서 휴식마저 빼앗으려는 겁니까? 너무 피곤해서 우리의 의무를 제대로 수행하지 못하기를 바라는 건 아니겠지요? 혹시 존스가 돌아오기를 바라는 이가 있는 건 아닐 테지요?"

동물들은 곧바로 절대로 그렇지 않다고 스퀄러를 안심시켰다. 이제 돼지들이 본채의 침대에서 자는 것을 두고 어느 누구도 뭐라고 하지 않았다. 며칠 뒤, 앞으로 돼지들은 다른 동물들보다 한 시간 늦게 일어날 것이라고 발표했을 때에도 누구 하나 불만을 터뜨리지 않았다.

가을에 접어들 무렵, 동물들은 몸은 더할 수 없이 고됐지만 마음만은 행복했다. 그들은 힘겨운 한 해를 보냈다. 건초와 곡식을 시장에 내다 판 뒤라 겨울에 먹을 식량도 그다지 풍족하지 않은 형편이었다.

하지만 풍차가 그 모든 것을 보상해 주었다. 풍차는 이제 절반가량 완성된 상태였다. 수확이 끝난 이후 한동안 맑고 건조한 날씨가 계속되었다. 동물들은 더욱더 열심히 일했다. 풍차의 벽이 한 치라도 높아진다면, 아침부터 밤까지 하루 종일 돌덩이를 날라도 그만한 보람이 있다고 생각했다. 복서는 밤에도 나와 한가을의 달빛을 받으며 한두 시간씩 더 일을 하곤 했다.

동물들은 시간이 날 때마다 절반쯤 세워진 풍차 주위를 빙빙 돌았다. 그들은 수직으로 우뚝 서 있는 풍차의 모습에 감탄하면서, 자신들이 그처럼 당당한 건물을 세울 수 있다는 사실을 몹시 자랑스러워했다. 오직 벤저민만이 풍차에 열광하지 않았다.

그는 입버릇처럼 "당나귀들은 오래 산다네."라는 수수께끼 같은 말을 할 뿐 다른 말은 일절 하지 않았다.

11월이 되자 남서풍이 매섭게 휘몰아쳤다. 날씨가 너무 눅눅한 탓에 시멘트가 제대로 굳지 않아서 공사를 잠시 중단할 수밖에 없었다. 그러던 어느 날 밤, 바람이 맹렬한 기세로 불어닥쳤다. 건물이 흔들리고 헛간 지붕의 기와 몇 장이 날아가 버렸다. 이때 암탉들은 잠결에 멀리서 대포가 발사되는 듯한 소리를 듣고 동시에 잠에서 깨어나 공포에 휩싸인 채 꼬꼬댁 울어 댔다.

아침이 되어 동물들이 밖으로 나와 보니 깃발 게양대가 부러져 있었고, 과수원 아래쪽의 느릅나무가 무처럼 뿌리째 뽑혀 있었다. 잠시 후, 주위를 둘러보던 동물들의 입에서 절망적인 외침이 터져 나왔다. 눈앞에 끔찍한 광경이 펼쳐져 있었다. 풍차가 무너져 내린 것이었다.

동물들은 풍차 앞으로 우르르 몰려갔다. 좀체 뛰지 않는 나폴레옹이 이때만큼은 맨 앞에서 달렸다. 그랬다, 그들이 온갖 노력을 기울여 세운 결과물이 처참하게 폭삭 주저앉아 버렸다. 뿐만 아니라 그토록 고생하며 깨뜨려 운반했던 돌들은 사방으로 흩어져 있었다. 어느 누구도 입을 열지 못했다. 그저 슬픔에 잠긴 채 무참하게 무너져 내린 돌무더기를 바라볼 뿐이었다.

나폴레옹은 아무런 말 없이 왔다 갔다 하면서 이따금 땅에 코를 대고 쿵쿵 냄새를 맡았다. 꼬리가 빳빳하게 서더니 좌우로 재빠르게 움직였다. 그가 정신을 집중하여 뭔가를 생각하고 있다는 표시였다. 그는 무엇인가를 결심한 듯 갑자기 걸음을 멈추고는 낮지만 강한 어조로 말했다.

"동무들, 이게 누구 짓인지 알겠소? 한밤중에 몰래 침입해서 우리 풍차를 무너뜨린 놈이 누군지 알겠소? 바로 스노볼이오!"

그러더니 갑자기 우레 같은 목소리로 외쳤다.

"이건 바로 스노볼의 짓입니다! 그 반역자는 수치스럽게 추방당한 것에 앙심을 품고서 우리 계획을 망쳐 놓으려고 밤을 틈타 이곳에 기어 들어온 거요. 그러고는 우리가 거의 일 년이나 공을 들여 세운 풍차를 파괴해 버렸소. 동무들, 나는 지금 이 자리에서 스노볼에게 사형을 선고하는 바요. 법에 따라 그를 처단하는 자에게는 '제2급 동물 영웅' 훈장과 사과 십오 킬로그램을 주겠소! 생포해 오는 자에게는 사과 삼십 킬로그램을 줄 것이오!"

스노볼이 이런 일을 저질렀다니! 동물들은 엄청난 충격을 받았다. 여기저기서 분노에 찬 고함 소리가 터져 나왔다. 모두들 만약 스노볼이 나타난다면 어떻게 잡을지 궁리하기 시작했다. 이와 때를 같이하여 언덕에서 조금 떨어진 풀숲에서 돼지의 발자국이 발견되었다. 발자국은 몇 미터 떨어진 산울타리의 구멍으로 이어졌다. 나폴레옹은 코를 킁킁거리며 신중하게 냄새를 맡더니, 스노볼의 발자국이 틀림없다고 단언했다. 짐작건대 그는 폭스우드 농장 쪽에서 왔을 것이라고 했다.

"동무들, 더 이상 꾸물거릴 시간이 없소!"

나폴레옹이 발자국을 다시 한 번 자세히 살펴본 뒤 소리쳤다.

"우리에게는 할 일이 있소. 지금부터 당장 풍차 재건 작업에 들어갑시다. 비가 오건 눈이 오건 겨울 내내 계속해야 합니다. 비열한 반역자에게 우리의 사업이 그리 쉽게 무너지지 않는다는 사실을 가르쳐 주어야 하오. 자, 동무들! 모두 기억하시오. 우리 계획에 변경이란 없소이다. 완성의 그날까지 하루도 어김없이 정확하게 수행해야 하오. 동무들, 전진합시다! 풍차여, 영원하라! 동물 농장이여, 영원하라!"

제 7 장
잔인한 응징

살이 에이는 듯 혹독한 겨울이었다. 폭풍우가 몰아치고 나면 그 뒤에는 눈과 진눈깨비가 쏟아지기 일쑤였다. 그것이 단단히 얼어 2월이 훨씬 지나도 좀처럼 녹지 않았다.

동물들은 풍차를 다시 짓기 위해 온 힘을 쏟았다. 그들은 바깥 세상이 자신들을 주목하고 있다는 사실을 알고 있었다. 만약 풍차를 예정된 시일까지 완공하지 못한다면, 시기심 많은 인간들은 쾌재를 부르며 기뻐 날뛸 것이 분명했다.

인간들은 스노볼이 악의를 품고서 풍차를 무너뜨렸다는 사실을 믿으려 하지 않았다. 오히려 벽을 너무 얇게 쌓아 올려서 무너진 것이라고 말하고 다녔다. 동물들은 그들의 주장이 사실이 아니라는 것을 잘 알고 있었다. 그렇지만 예전에는 오십 센티미터쯤 되었던 벽 두께를 이번에는 일 미터 정도로 더 두껍게 하기로 결정했다. 그것은 예전보다 훨씬 많은 돌을 모아야 한다는 의미이기도 했다.

채석장에는 눈 더미가 잔뜩 쌓여서 한동안 도저히 손을 댈 수가 없었다. 그 뒤에는 서리가 내리는 춥고 건조한 날씨에도 불구하고 작업이 조금 진척되기는 하였다. 그러나 워낙 어렵고 가혹한 노동이었다.

동물들은 예전처럼 희망을 품을 수가 없었다. 늘 추위에 시달렸고, 언제나 배가 고팠다. 그러나 복서와 클로버만은 용기를 잃지 않았다. 스퀼러는 곧잘 동물들 앞에서 봉사의 기쁨과 노동의 신성함에 대해 일장 연설을 늘어놓곤 했다. 그러나 정작 동물들은 복서의 강한 힘과 "내가 좀 더 일하면 돼!"라고 외치는 한결같은 구호에서 용기를 얻었다.

1월이 되자 식량이 모자라기 시작했다. 옥수수 배급량이 크게 줄었고, 이를 보충하기 위해 감자를 특별히 더 배급하겠다는 발표가 났다. 그러나 저장 구덩이 위에 흙을 충분히 덮어 놓지 않은 바람에 산더미처럼 쌓인 감자가 모두 얼어 버렸다. 거의 다 물컹물컹해지고 빛깔도 변해 버려서 막상 먹을 수 있는 것은 얼마 되지 않았다. 어떤 때는 며칠씩 왕겨와 사탕무만 먹고 버텼다. 굶어 죽을 위기가 바로 눈앞에 다가온 것만 같았다.

그러나 이런 상황은 바깥세상이 알지 못하게 무슨 수를 써서라도 숨겨야만 했다. 풍차가 무너진 사건으로 용기를 얻은 인간들은 새로운 헛소문을 지어내기 시작했다. 또다시 동물 농장의 동물들이 굶주림과 병으로 죽어 가고 있다느니, 자기들끼리 싸움질을 일삼으며 동족을 잡아먹을 뿐만 아니라 새끼들을 예사로 죽이고 있다느니 하는 소문이 퍼져 나갔다.

나폴레옹은 동물 농장의 식량 사정에 대한 진상이 바깥세상으로 새어 나갈 경우 어떤 나쁜 결과로 이어질지 잘 알고 있었다. 그래서 휨퍼를 이용하여 완전히 상반되는 소문을 퍼뜨리기로 했다. 지금껏 동물들은 매주 월요일마다 농장을 찾아오는 휨퍼와 전혀 접촉하지 않았다. 그러나 이제 나폴레옹은 동물들 중 몇몇을 선발한 다음, 그들에게 휨퍼가 들을 수 있는 곳에서 자연스럽게 식량 배급이 늘어났다는 이야기를 주고받으라고 지시했다. 주로 양들이 그런 일을 담당했다.

또 나폴레옹은 곳간에 있는 텅 빈 곡물 통에 모래를 가득 채우고, 그 위를 곡식이나 곡식 가루로 살짝 덮으라고 지시했다. 그런 다음 적당한 구실을 만들어 휨퍼를 곳간 여기저기로 데리고 다니면서 곡물 통을 슬쩍 보였다. 휨퍼는 이 속임수에 그대로 넘어가서, 동물 농장은 식량이 조금도 부족하지 않더라고 떠들고 다녔다.

그러나 1월 하순이 되자, 어디서든 곡식을 좀 더 들여오지 않으면 안 된다는 것이 분명해졌다. 그즈음 나폴레옹은 공식 석상에는 거의 나타나지 않고 본채에 틀어박혀 지냈다. 사나운 개들이 본채의 문이란 문은 모두 지키고 서 있었다. 어쩌다가 나폴레옹이 문밖으로 나올 때면, 중요한 행차라도 하듯 개 여섯 마리가 삼엄하게 호위를 했다. 개들은 그를 바싹 에워싼 채 누구든 가까이 오면 무섭게 으르렁거렸다. 나폴레옹은 일요일 아침의 회의조차도 얼굴을 내비치지 않았고 다른 돼지들, 대개는 스퀼러를 시켜 명령을 내렸다.

어느 일요일 아침, 스퀼러는 이제 막 알을 낳기 시작한 암탉들에게 달걀을 모두 바쳐야 한다고 통보했다. 나폴레옹이 휨퍼를 통해 매주 달걀 사백 개를 파는 계약을 체결했기 때문이다. 그 달걀 판매 금액이면 사정이 좋아지는 여름까지 모든 동물들이 먹을 수 있는 식량을 사들일 수 있다고 했다.

이 발표를 듣자 암탉들은 곧바로 끔찍한 비명을 지르며 항의했다. 언젠가는 이런 희생이 필요하게 될지도 모른다는 이야기를 이미 듣기는 했지만, 정말로 그런 일이 벌어지리라고는 꿈에도 생각지 못했다. 암탉들은 봄철 병아리 부화 시기에 맞추려고 이제 막 알을 품을 준비를 하던 참이었다. 그런데 지금 알을 빼앗아 버리는 것은 병아리를 살해하는 것과 다름없다고 아우성쳤다.

존스를 추방한 이후 처음으로 반란 비슷한 사건이 터졌다. 검은색 미노르카종(알을 얻기 위해 기르는 닭의 한 품종으로, 보통 검은색에 몸집이 크다.—옮긴이) 젊은 암탉 세 마리의 주도 아래 암탉들은 나폴레옹의 요구를 물리치기 위해 단호한 행동을 취했다. 그들이 택한 방법은 서까래로 날아 올라가 거기서 알을 낳은 다음 바닥에 떨어뜨려 깨 버리는 것이었다.

그러자 나폴레옹도 신속하고 무자비하게 조치를 취했다. 그는 암탉들에게 주는 식량 배급을 중지하라고 명령했다. 그리고 암탉에게 단 한 톨의 곡식이라도 주는 동물은 즉각 사형에 처하겠다고 선포했다. 개들이 이 명령이 잘 지켜지는지 감시하는 임무를 맡았다.

암탉들은 닷새 동안 버티다가 결국 항복을 하고 각자의 둥우리로 돌아갔다. 그러는 사이에 암탉 아홉 마리가 죽었다. 죽은 닭들은 과수원에 묻혔고, 콕시듐(가축류의 장에 기생하여 설사, 빈혈, 영양 장애를 일으키는 전염병—옮긴이)으로 죽었다고 발표되었다. 휨퍼는 이 사건에 대해서는 아무것도 듣지 못했다. 달걀은 제때에 어김없이 공급되어, 식료품 가게의 마차가 일주일에 한 번씩 농장에 와서 달걀들을 실어 갔다.

농장에 이런 일이 일어나는 와중에도 스노볼의 행방은 알 길이 없었다. 그가 폭스우드 농장이나 핀치필드 농장 중 한 곳에 숨어 있다는 소문만 나돌 뿐이었다.

그즈음 나폴레옹은 이웃의 농장주들과 좀 더 우호적인 관계를 만들어 나갔다. 마침 농장 안마당에는 십 년 전 너도밤나무 숲을 개간할 때 베어 놓은 목재 더미가 쌓여 있었다. 목재는 오랜 시간이 흐르는 동안 아주 잘 건조되었다. 휨퍼가 나폴레옹에게 그것을 팔라고 권했다. 필킹턴이나 프레더릭 모두 이 목재를 사고 싶어 안달한다고 했다.

나폴레옹은 둘 중 누구에게 팔 것인지 결정하지 못하고 망설였다. 그가 프레더릭과 계약을 맺으려고 하면 스노볼이 폭스우드 농장에 숨어 있다는 소문이 떠돌았고, 그의 마음이 필킹턴 쪽으로 기울면 스노볼이 핀치필드 농장에 숨어 있다는 소문이 나돌았기 때문이다.

이른 봄 어느 날, 갑자기 놀라운 사실이 하나 드러났다. 그동안 스노볼이 밤을 틈타 수없이 농장을 들락거렸다는 것이 아닌가! 동물들은 너무나도 불안하여 도무지 잠을 이룰 수가 없었다. 스노볼은 밤마다 몰래 숨어 들어와 옥수수를 훔치고, 우유 통을 뒤집어엎고, 달걀을 깨뜨리고, 묘판을 발로 짓밟고, 과일나무의 껍질을 물어뜯어 버리는 등 온갖 몹쓸 짓을 다 저질렀다고 했다.

그다음부터 동물들은 무슨 일이든 잘못되면 모두 스노볼의 탓으로 돌리기 일쑤였다. 유리창이 깨지거나 배수구가 막히기라도 하면, 누군가가 나서서 지난밤에 스노볼이 침입해 저지른 짓이라고 말했다.

창고 열쇠가 없어졌을 때에도 모두들 스노볼이 우물에 던져 버린 게 틀림없다고 믿었다. 그 열쇠는 나중에 곡식 가루 자루 밑에서 발견되었다. 그런데도 모두들 여전히 스노볼의 소행으로 믿는 것이 참으로 이상했다. 암소들은 자기들이 자는 동안 스노볼이 몰래 외양간으로 숨어 들어와 젖을 짜 갔다고 입을 모아 말했다. 그해 겨울 내내 골칫거리였던 쥐들이 실은 스노볼과 한통속이라는 말도 떠돌았다.

나폴레옹은 스노볼의 행위를 철저하게 조사하겠다고 선포했다. 그가 개들을 거느리고 나타나 농장 이곳저곳을 돌아다니면서 면밀히 조사하는 동안, 다른 동물들은 존경의 표시로 멀찌감치 떨어져서 그 뒤를 따랐다. 나폴레옹은 두서너 걸음마다 멈추어 서서 땅바닥에 코를 대고 킁킁거렸다. 냄새만으로도 스노볼의 발자국을 가려낼 수 있다는 것이었다.

나폴레옹은 헛간, 외양간, 닭장, 채소밭 등 구석구석 냄새를 맡았고, 가는 데마다 스노볼의 흔적을 찾아냈다. 그는 코끝을 땅바닥에 대고 여러 번 깊숙이 냄새를 들이마시고는 무시무시한 목소리로 외쳤다.

"스노볼이야! 그놈이 여기에도 왔어! 분명 그놈의 냄새야!"

그의 입에서 스노볼이라는 말이 나올 때마다 개들은 일제히 날카로운 송곳니를 드러내며 소름이 끼칠 정도로 무섭게 으르렁거렸다.

동물들은 완전히 공포에 사로잡혔다. 스노볼이 마치 보이지 않는 어떤 힘처럼 공기 속에 스며들어 온갖 위험한 일로 자신들을 위협하는 듯했다. 저녁이 되자 스퀄러가 동물들을 불러 모았다. 그는 놀란 표정으로 중대한 소식을 발표하겠다고 했다.

"동무들, 참으로 무시무시한 일이 밝혀졌습니다!"

그는 몹시 흥분해서 펄쩍펄쩍 뛰며 소리를 지르듯 말했다.

"스노볼이 핀치필드 농장의 프레더릭에게 매수되었어요. 프레더릭은 우리 농장을 뺏으려고 호시탐탐 공격할 기회를 엿보고 있습니다. 그의 공격이 시작되면 스노볼이 프레더릭의 앞잡이 노릇을 한다는 겁니다.

하지만 이건 아무것도 아니에요. 그보다도 더욱 무서운 사실이 드러났습니다. 사실 우리는 지금껏 스노볼이 그의 허영심과 터무니없는 야심 때문에 반역을 일으켰다고 생각하고 있었지요. 그런데 동무들, 우리가 잘못 알고 있었던 거예요. 진짜 이유가 뭔지 아십니까? 스노볼은 애초부터 존스와 한통속이었습니다! 그놈은 처음부터 존스의 스파이였다, 이 말이에요.

지금 막 그놈이 도망칠 때 놓고 간 문서를 발견했습니다. 동무들, 이 문서가 모든 진실을 밝힐 것이라 생각합니다. 우리는 외양간 전투에서 그놈이 어떤 방식으로 우리를 무너뜨리고 파괴했는지 직접 보지 않았습니까? 물론 다행히도 그 계획은 실패했지만요."

동물들은 너무 충격을 받아 넋을 잃을 정도로 멍해졌다. 만약 그것이 사실이라면 풍차를 파괴한 것과는 비교도 할 수 없을 만큼 훨씬 더 사악한 짓을 한 것이었다.

그러나 동물들이 스퀼러의 설명을 온전히 받아들이는 데는 얼마간의 시간이 필요했다. 그들은 모두 외양간 전투 때 스노볼이 선두에 서서 어떻게 싸웠는지, 위기에 처했을 때 어떻게 동물들을 격려했는지, 존스가 쏜 총알에 부상을 입었을 때 조금도 굽히지 않고 어떻게 싸웠는지 생생하게 기억하고 있었다. 아니, 기억하고 있다고 생각했다. 그런 행동들을 존스와 한패라는 사실과 어떻게 연관해서 생각해야 하는지 좀처럼 이해가 되지 않았다.

지금껏 거의 질문을 한 적이 없는 복서조차 헷갈릴 정도였다. 그는 앞발을 구부리고 앉아서 눈을 감은 채 생각을 정리하려고 안간힘을 썼다. 마침내 그가 입을 열었다.

"믿기지 않는 일이오. 스노볼은 외양간 전투 때 정말로 용감하게 싸웠어요. 이 두 눈으로 똑똑히 보았습니다. 우리는 전투가 끝난 다음 그에게 '제1급 동물 영웅' 훈장을 수여하지 않았던가요?"

"동무, 그건 실수였어요. 우리도 이제야 진실을 알게 된 것 아닙니까? 우리가 발견한 비밀문서에 모두 적혀 있다니까요. 사실을 말하자면, 그놈은 우리를 파멸로 이끌었던 겁니다."

"그렇지만 그는 부상을 당했잖아요. 우리 모두 피를 흘리며 뛰어다니는 그의 모습을 똑똑히 보았단 말입니다."

복서가 반박했다.

"그것도 각본의 일부였던 겁니다!"

스퀼러가 큰 소리로 외쳤다.

"존스의 총알은 그놈을 그냥 스쳐 갔을 뿐이라고요. 여러분이 글을 읽을 수만 있다면, 그가 직접 쓴 이 문서로 확인시켜 줄 수 있을 텐데요. 이 문서에 따르면, 스노볼은 결정적인 순간에 후퇴 신호를 보내서 농장을 적의 손에 넘겨주려고 했어요. 하마터면 성공할 뻔했지요…….

동무들, 단언하건대 우리의 영웅적인 지도자 나폴레옹 동무가 아니었다면 그의 계획은 틀림없이 성공했을 거요. 존스 일당이 안마당으로 쳐들어오던 그 순간, 스노볼이 돌연 뒤돌아 도망쳤던 것이 기억납니까? 모두 그의 뒤를 쫓아갔지요. 여러분은 공포에 사로잡혀 갈팡질팡하고 있었고, 사태는 그야말로 절망으로 치닫고 있었습니다.

그때 나폴레옹 동무가 '인간들을 죽여 버려!'라고 외치면서 과감하게 돌진하여 존스의 허벅지를 물어뜯지 않았습니까? 동무들, 여러분은 그 광경만큼은 틀림없이 기억하고 있을 겁니다."

스퀼러는 몹시 흥분했는지 이리저리 뛰어다니며 말을 했다. 그가 당시의 상황을 마치 눈앞에서 보듯 생생하게 묘사하자, 동물들은 정말 그때 그런 일이 있었던 것 같기도 했다. 아무튼 전투가 위급해졌을 때 스노볼이 돌연 돌아서서 도망치자고 했던 일만큼은 또렷이 기억났다. 그러나 복서는 여전히 미심쩍은 생각이 들었다. 그는 단호하게 말했다.

"나는 스노볼이 처음부터 배신자였다는 말은 믿지 못하겠소. 그가 나중에 한 행동은 전혀 다르긴 하지만요. 그래도 어쨌든 외양간 전투 때 그는 훌륭한 동무였다고 믿습니다."

그러자 스퀼러가 아주 천천히, 그러나 단호한 어조로 말했다.

"우리의 지도자 나폴레옹 동무는 단언하셨소. 그래요, 동무들, 이렇게 단언하셨소. 스노볼은 반란을 구상하기 훨씬 오래전부터 존스의 앞잡이였다고 말이오."

"아아, 그렇다면 얘기가 다르지! 나폴레옹 동무가 그렇게 말했다면 그것은 틀림없는 사실일 거요."

복서가 대꾸했다.

"참으로 훌륭한 정신이오, 동무!"

스퀼러가 소리쳤다. 그러나 그 번뜩이는 조그마한 눈은 복서를 아주 매섭게 노려보고 있었다. 그는 자리를 뜨려다가 발걸음을 멈추더니 엄숙하게 한마디를 덧붙였다.

"난 이 농장에 살고 있는 모든 동물들에게 눈을 크게 뜨고 주변을 살펴보라고 경고하고 싶습니다. 내가 이렇게 말하고 있는 지금 바로 이 순간에도 스노볼의 스파이들이 우리 사이에 숨어 있다고 생각할 만한 충분한 근거가 있으니까요."

그로부터 나흘이 지난 늦은 오후, 나폴레옹이 동물들에게 안마당으로 모이라고 명령했다. 모두 모이자 훈장 메달을 두 개나 단 나폴레옹이 본채에서 걸어 나왔다. 그는 최근 '제1급 동물 영웅' 훈장과 '제2급 동물 영웅' 훈장을 자기 자신에게 수여한 터였다.

　커다란 개 아홉 마리가 그의 주위를 이리저리 뛰어다니며 등골이 오싹할 정도로 무섭게 으르렁거렸다. 동물들은 바야흐로 뭔가 무시무시한 일이 벌어지리라는 것을 직감하고는 겁에 질린 얼굴로 조용히 웅크리고 앉아 있었다.

　나폴레옹은 살벌한 눈초리로 동물들을 훑어보다가, 갑자기 높고 날카로운 소리를 질렀다. 그러자 기다리고 있었다는 듯 개들이 앞으로 뛰어나와 돼지 네 마리의 귀를 꽉 물고는 나폴레옹의 발치로 끌고 갔다. 돼지들은 고통과 공포에 휩싸여 비명을 질렀다. 귀에서는 피가 줄줄 흘렀다. 피 맛을 본 개들은 얼마 동안 미친 듯이 날뛰었다.

　그러다가 개 세 마리가 느닷없이 복서에게 덤벼들었다. 복서는 앞발을 들어 달려드는 개 한 마리를 공중에서 잡아채 땅바닥에 내동댕이친 후 사정없이 깔아뭉갰다. 짓눌린 개는 살려 달라고 울부짖었고, 다른 두 마리는 뒷다리 사이에 꼬리를 감춘 채 도망쳐 버렸다.

　복서는 그대로 개를 밟아 죽여야 할지 살려 줘야 할지 고민하다가, 어떻게 할지 결정해 달라는 듯 나폴레옹을 바라보았다. 나폴레옹은 안색이 바뀌더니 날카로운 어조로 즉시 놓아주라고 명령했다. 복서가 다리를 들어 올리자 상처를 입은 개는 낑낑거리며 슬금슬금 내뺐다.

이윽고 소란이 가라앉았다. 돼지 네 마리는 벌벌 떨면서 처분을 기다렸다. 마치 얼굴의 주름 하나하나에 자신이 지은 죄를 써 놓은 듯한 표정이었다. 나폴레옹이 돼지들에게 죄를 자백하라고 명령했다. 그들은 나폴레옹이 일요일 회의를 폐지한다고 했을 때 항의를 시도했던 바로 그 젊은 돼지들이었다. 더 이상 추궁할 필요도 없이 그들은 알아서 순순히 자백했다.

그들은 스노볼이 추방된 이후부터 계속 비밀리에 스노볼과 연락을 취하고 있었다고 했다. 스노볼과 공모하여 풍차를 파괴했을 뿐만 아니라 동물 농장을 프레더릭에게 넘겨주기로 합의했다는 것이다. 또한 스노볼이 지난 몇 년 동안 존스의 스파이였다는 사실을 자신들에게 은밀히 털어놓았다고 덧붙였다. 돼지들이 자백을 끝내자마자 즉시 개들이 달려들어 그들의 목을 물어뜯었다.

나폴레옹은 무시무시한 목소리로 다른 동물들은 자백할 것이 없느냐고 몰아세웠다. 그러자 달걀 판매 문제로 반란을 주도했던 암탉 세 마리가 앞으로 나왔다. 그들은 스노볼이 꿈에 나타나 나폴레옹의 명령에 복종하지 말라고 부추겼다고 자백했다.

암탉들도 즉시 그 자리에서 처형되었다. 또 거위 한 마리가 앞으로 나와, 지난해 추수 때 옥수수 여섯 알을 훔쳐 두었다가 밤에 몰래 먹었다고 자백했다.

그다음에는 양 한 마리가 나와서, 식수로 사용하는 웅덩이에 오줌을 누었다고 털어놓았다. 스노볼이 그렇게 하라고 시켰다는 것이었다. 그러자 또 다른 양 두 마리도 앞으로 나왔다. 그들은 나폴레옹의 열렬한 숭배자인 늙은 숫양이 감기로 고생하고 있을 때, 화톳불 주위로 뱅뱅 몰아 기어코 죽게 만들었다고 자백했다.

자백한 동물들은 모두 그 자리에서 처형되었다. 이런 식으로 자백과 처형이 계속되면서 나폴레옹의 발 앞에는 시체가 산더미처럼 쌓였다. 존스가 추방된 이후 처음으로 농장에는 묵직한 피비린내가 진동했다.

이 일이 끝나자 돼지들과 개들을 제외한 나머지 동물들은 모두 한 덩어리가 되어 슬금슬금 물러났다. 그들은 너무 놀라 몸이 부들부들 떨렸고, 몹시 비참한 기분이었다. 스노볼과 결탁했던 동물들의 배신행위와 방금 자신들이 목격한 잔인한 응징 중에서 과연 어느 쪽이 더 충격적인지 알 수가 없었다.

예전 존스 시절에도 이따금 이에 못지않은 끔찍한 살육의 장면을 눈앞에서 목격하곤 했다. 그러나 이번 사건은 바로 동물들 사이에서 일어난 일인지라 더욱 끔찍하게 다가왔다. 농장에서 존스가 쫓겨난 이래 지금까지 어떤 동물도 다른 동물을 죽이지 않았다. 들쥐 한 마리조차도 살해된 적이 없었던 것이다.

동물들은 반쯤 완성된 풍차가 서 있는 언덕으로 올라갔다. 그곳에서 마치 따뜻한 온기를 나누려는 듯 서로서로 몸뚱이를 기대고 앉았다. 클로버, 뮤리얼, 벤저민, 암소들, 양들, 그리고 수많은 거위들과 암탉들 모두가 한 덩어리가 되었다. 나폴레옹의 집합 명령이 떨어지기 직전에 갑자기 사라져 버린 고양이만 이 자리에 없었다. 한동안 어느 누구도 입을 열지 않았다.

복서는 혼자 서 있었다. 그는 길고 검은 꼬리로 옆구리를 툭툭 치며 이리저리 서성거렸다. 이따금 나지막하게 힝힝 소리를 내기도 했다. 한참 만에 그가 누구에게랄 것도 없이 이렇게 중얼거렸다.

"아무래도 모르겠어. 이 농장에 이런 일이 생기다니, 도무지 믿어지지 않아……. 아마 우리가 뭔가 잘못한 게 아닐까? 내 생각에, 이걸 바로잡기 위한 해결책은 그저 좀 더 열심히 일하는 것뿐이야. 난 내일 아침부터 한 시간 더 일찍 일어나겠어."

그러고는 육중한 발걸음으로 채석장을 향해 걸어갔다. 거기서 돌을 연거푸 두 짐씩이나 모아 풍차 공사장까지 나르고 난 다음 마구간으로 돌아가 잠자리에 들었다.

동물들은 여전히 말없이 클로버 주위에 바싹 모여 앉아 있었다. 그들이 앉아 있는 언덕에서는 그 일대의 풍경이 훤히 내려다보였다. 동물 농장도 한눈에 들어왔다. 큰길까지 기다랗게 뻗어 있는 목초지, 풀밭, 덤불숲, 식수용 웅덩이, 이제 막 초록빛 싹이 트기 시작한 무성한 밀밭, 굴뚝에서 연기가 모락모락 피어오르는 농장 건물의 붉은 지붕…….

화창한 봄날 저녁이었다. 새싹으로 우거진 산울타리와 풀밭이 저녁 햇살을 받아 황금빛으로 반짝거렸다. 동물들에게 농장이 이처럼 소중하게 보인 적은 없었다. 그들은 이 농장 구석구석, 땅 한 뼘 한 뼘이 모두 자신들의 소유라는 사실을 떠올리며 새삼스레 경이감에 사로잡혔다.

언덕 아래를 내려다보는 클로버의 눈에 눈물이 가득 고였다. 만약 클로버가 자신의 생각을 말로 잘 표현할 수 있었다면, 몇 해 전 그들이 인간을 타도하기 위해 나섰을 때 목표로 삼았던 세상은 결코 이런 모습이 아니었다고 말했을 것이다. 이처럼 두렵고 참혹한 장면은 메이저 영감이 반란을 일으켜 봉기하라고 선동하던 그날 밤 그들이 꿈꾸고 기대했던 모습이 결코 아니었다.

그녀는 바로 이런 미래를 꿈꾸었다. 동물들이 굶주림과 채찍에서 해방되고, 모두가 평등하며, 각자의 능력에 따라 일하는 사회. 메이저 영감의 연설이 있던 그날 밤 그녀가 다리를 오므려 어미 잃은 새끼 오리들을 보호해 주었듯 강한 자가 약한 자를 지켜 주는 그런 사회였다.

그런데 현실은 완전히 반대였다. 아무도 자신의 생각을 있는 그대로 말하지 못했다. 농장은 사납게 으르렁거리는 개들이 여기저기에서 설쳐 대는 곳, 친구들이 무서운 죄를 자백한 다음 갈기갈기 찢겨 죽는 모습을 눈앞에서 지켜보고 있어야 하는 끔찍한 곳이 되고 말았다. 왜 그렇게 됐는지는 그녀도 잘 알 수 없었다.

클로버는 반란을 일으키거나 명령을 어길 마음은 조금도 없었다. 비록 이런 상황이라 하더라도 어쨌든 존스 시절과 비교하면 훨씬 더 낫다고 생각했다. 그렇기에 인간들의 복귀만은 어떻게든 막아야 한다는 사실을 잘 알고 있었다. 무슨 일이 있어도 그녀는 끝까지 충성스럽게 남아 있을 것이다. 열심히 일하고, 주어진 명령을 충실히 수행하고, 나폴레옹의 통치를 받아들일 것이다.

그렇지만 그녀를 비롯한 모든 동물들이 이런 날을 위해서 미래에 대한 희망을 품고 열심히 일해 온 것은 아니었다. 풍차를 세우는 것도, 존스가 퍼붓는 총알에 맞서 싸운 것도 이렇게 되려고 한 것이 아니었다. 비록 말로는 제대로 표현할 수 없었지만, 그녀의 머릿속에는 이런 생각들이 맴돌았다.

클로버는 노래를 부르면 답답한 마음이 풀릴지도 모르겠다 싶은 생각에 〈영국의 동물들〉을 부르기 시작했다. 그러자 그녀를 둘러싸고 앉아 있던 다른 동물들도 함께 노래를 불렀다. 그들은 아주 멋진 가락으로, 그러나 예전에는 한 번도 불러 본 적이 없는 노래처럼 슬픈 목소리로 천천히 세 번이나 불렀다.

그들이 막 세 번째 노래를 마쳤을 때, 스퀼러가 개 두 마리를 데리고 다가왔다. 중대한 일을 알리려는 듯한 표정이었다. 그는 나폴레옹의 특별 명령으로 〈영국의 동물들〉이 금지되었다고 말했다. 앞으로 그 노래를 불러서는 안 된다는 이야기였다.

동물들은 몹시 놀랐다.

"왜요?"

뮤리얼이 큰 소리로 물었다.

"동무, 그 노래는 이제 필요 없게 되었소."

스퀼러가 뻣뻣한 태도로 대답했다.

"본래 〈영국의 동물들〉은 반란의 노래입니다. 그런데 반란은 이미 완성되었지요. 오늘 오후에 있었던 배신자들의 처형이 마지막 마무리였습니다. 이제 안팎의 적을 모두 무찌른 셈이지요. 우리는 〈영국의 동물들〉이라는 노래에 장차 더 좋은 사회가 이루어지길 바라는 소원을 담았습니다. 하지만 이미 그 사회가 이루어졌으니 그 노래는 이제 더 이상 아무런 의미도 갖지 않게 되었다, 이 말입니다."

동물들은 모두 겁을 집어먹고 있었지만, 그래도 몇몇은 당장 반대한다고 나서고 싶은 심정이었다. 그때 양들이 언제나 그러하듯 일제히 "네 발은 좋고, 두 발은 나쁘다!"를 외치기 시작했다. 이 구호가 몇 분 동안 계속되자 항의할 기회는 흐지부지 사라져 버리고 말았다.

그날 이후, 동물 농장에서는 〈영국의 동물들〉을 더 이상 들을 수가 없었다. 그 대신 시를 쓰는 돼지 미니머스가 새로운 노래를 지었다. 그 노래는 이렇게 시작되었다.

동물 농장이여, 동물 농장이여,
나를 따르면 결코 해를 입지 않으리!

동물들은 매주 일요일 아침마다 깃발을 게양한 뒤에 이 노래를 불렀다. 그러나 어쩐지 노래의 가사나 가락이 〈영국의 동물들〉만큼 가슴에 와 닿지 않았다.

제 8 장
처참한 승리

며칠이 지나자 처형이 몰고 왔던 공포는 웬만큼 가라앉았다. 그 무렵 몇몇 동물들이 여섯 번째 계명이 "어떤 동물도 다른 동물을 죽여서는 안 된다."라는 것이었음을 기억해 냈다. 아니, 기억하고 있다고 생각했다. 그들은 감히 돼지들이나 개들이 듣는 곳에서 그런 말을 하지는 않았지만, 며칠 전에 일어난 처형은 확실히 이 계명에 어긋나는 일이라고 생각했다.

클로버는 벤저민에게 여섯 번째 계명을 읽어 달라고 부탁했다. 그러나 벤저민은 늘 그렇듯 자기는 그런 일에 끼어들고 싶지 않다고 거절했다. 클로버는 대신 뮤리얼을 데리고 갔다. 뮤리얼은 천천히 계명을 읽어 주었다.

어떤 동물도 '이유 없이' 다른 동물을 죽여서는 안 된다.

어찌 된 일인지 동물들의 기억에는 '이유 없이'라는 말이 존재하지 않았다. 하지만 계명을 어기지 않았다는 사실만큼은 분명했다. 스노볼과 공모했던 배신자들은 충분히 그럴 만한 이유가 있었기에 처형된 것이었다.

그해 내내 동물들은 지난해보다 더욱 열심히 일했다. 일상적인 농장의 일은 그 일대로 하면서 동시에 벽 두께가 전보다 두 배나 되는 풍차를, 그것도 예정된 날짜까지 완공하기 위해서는 엄청난 노동력이 필요했다. 그런 상황에서 동물들은 존스 시절보다도 일은 더 많이 하는데 먹는 것은 오히려 전보다 못하다는 생각을 자주 했다.

일요일 아침이면 스퀼러는 으레 앞발 발굽 사이에 기다란 종이를 끼워 들고 나타났다. 그러고는 각종 생산량이 이백 퍼센트, 삼백 퍼센트, 혹은 오백 퍼센트까지 증가했다는 것을 알려 주는 통계 수치를 발표하곤 했다. 동물들은 반란 전의 상태가 어떠했는지 정확히 기억할 수 없었으므로, 스퀼러의 말을 믿지 않을 이유가 없었다. 그렇지만 통계 수치 따위는 아무래도 좋으니 식량이나 좀 더 많이 배급받았으면, 하고 바라는 날들이 점점 늘어갔다.

이제 모든 명령은 스퀼러나 다른 돼지를 통해 발표되었다. 나폴레옹은 보름에 한 번 정도 공식 석상에 얼굴을 보일 뿐이었다. 모처럼 그가 나타날 때에는 반드시 개들과 검은 수탉 한 마리가 수행원 노릇을 했다. 이 젊은 수탉은 나폴레옹 일행이 행진할 때 항상 맨 앞에 있었고, 나폴레옹이 연설을 할 때면 꼬끼오 하고 크게 소리를 질러 나팔수 노릇을 했다.

본채 안에서도 나폴레옹은 다른 돼지들과는 방을 따로 쓴다는 소문이 나돌았다. 그는 개 두 마리의 시중을 받으면서 혼자 식사를 했으며, 응접실의 유리 찬장 안에 있는 크라운 더비 자기(영국 왕실의 인가를 받은 더비산 고급 자기—옮긴이)를 사용한다고도 했다. 그러더니 어느 날인가는 이제부터 해마다 기존의 두 기념일뿐만 아니라 나폴레옹의 생일에도 축포를 쏜다고 발표했다.

나폴레옹은 이제 단순히 나폴레옹으로만 불리지 않았다. 그를 부르는 공식 호칭은 '우리의 지도자 나폴레옹 동무'였다. 돼지들은 그에게 '모든 동물의 아버지', '인간들이 두려워하는 공포의 대상', '새끼 오리의 친구' 따위의 칭호를 만들어 붙이기를 좋아했다.

스퀼러는 연설을 할 때마다 나폴레옹의 지혜와 착한 마음씨를 언급했다. 또 나폴레옹이 세상 곳곳에 살고 있는 모든 동물들, 특히 다른 농장에서 아직까지도 무지하게 노예처럼 살아가는 불쌍한 동물들에게 얼마나 깊은 애정을 갖고 있는지를 이야기하며 눈물을 뚝뚝 흘리곤 했다.

어느새 모든 성공과 행운은 전적으로 나폴레옹의 공으로 돌리는 것이 통례가 되었다. 어떤 암탉이 다른 암탉에게 "우리의 지도자 나폴레옹 동무의 지도 아래, 나는 엿새 동안 알을 다섯 개나 낳았어요."라고 말하는 소리를 종종 들을 수 있었다. 또 암소 두 마리가 웅덩이에서 물을 마시면서 "나폴레옹 동무의 영도력 덕택에 물맛이 어쩌면 이렇게 좋아졌을까!" 하고 감탄하기도 했다. 농장의 전반적인 분위기는 미니머스가 지은 〈나폴레옹 동무〉라는 시에 잘 표현되어 있었다. 그 내용은 다음과 같았다.

어버이 없는 자의 친구여!
행복의 샘이여!
진수성찬의 주님이여!
오, 내 영혼은
고요하고 위엄 있는
그대의 눈을 볼 때마다 불타오른다
하늘의 태양 같은
나폴레옹 동무여!

그대야말로 그대의 동포가 바라는
모든 것을 주시는 분

하루 두 번 배를 불리고
깨끗한 짚에서 뒹굴게 하도다!
크고 작은 모든 동물들
자기 우리에서 편히 잠드네
그대는 이 모든 것을 지켜 주시는 분
나폴레옹 동무여!

내게 젖먹이가 태어나면
맥주병이나 국수방망이만큼
크게 자라기도 전에
그대에게 충성하고 진실하라고
틀림없이 가르치리라
그렇다, 아기가 외칠 첫마디는
'나폴레옹 동무여!'이리라

　나폴레옹은 이 시가 무척 마음에 들었는지, 큰 헛간의 '일곱 계명'이 적힌 벽 맞은편에 써 놓게 했다. 그 시 위쪽에 스퀼러가 흰색 페인트로 나폴레옹의 초상화를 그려 놓았다.
　한편 나폴레옹은 휨퍼의 주선으로 프레더릭과 필킹턴을 상대로 복잡한 교섭을 벌이는 중이었다. 목재는 아직 팔리지 않은 채 마당에 쌓여 있었다. 두 사람 중 프레더릭이 더 그것을 사고 싶어서 열을 올렸지만, 그러면서도 값은 제대로 쳐 주려고 하지 않았다. 게다가 풍차 건설을 시기한 프레더릭이 일꾼들을 데리고 동물 농장을 습격해 풍차를 파괴할 음모를 꾸미고 있다는 소문이 나돌기 시작했다. 스노볼은 여전히 핀치필드 농장에서 숨어 지내는 것으로 알려졌다.

더위가 기승을 부리던 한여름 즈음, 농장의 동물들은 또 한 번 경악했다. 암탉 세 마리가 스노볼의 선동으로 나폴레옹의 암살 계획에 가담했다고 자백한 것이었다. 암탉 세 마리는 즉각 처형되었고, 나폴레옹의 신변 보호를 위해 새로운 경호 조치가 취해졌다. 밤마다 개 네 마리가 그의 침대 네 귀퉁이에 앉아 그를 지켰다. 또 핑크아이라는 젊은 돼지가 나폴레옹이 먹는 음식에 독이 들었는지 확인하기 위해 그가 먹는 모든 음식을 미리 맛보는 임무를 맡았다.

바로 그 무렵, 나폴레옹이 필킹턴에게 목재를 팔 계획이라는 이야기가 퍼졌다. 또 그는 동물 농장과 폭스우드 농장간에 생산품을 교환하는 계약을 정식으로 체결하려고 했다. 나폴레옹과 필킹턴의 관계는 비록 휨퍼를 통해서이기는 해도 꽤나 우호적으로 발전해 있었다. 동물들은 필킹턴이 인간이기 때문에 믿을 수 없다고 여겼다. 그러나 그들이 두려워하고 증오하는 프레더릭과 비교하면 그나마 낫다고 생각했다.

여름이 지나고 풍차가 거의 완성될 즈음, 적들의 공격이 임박

했다는 소문이 더욱 파다하게 퍼졌다. 프레더릭이 총으로 무장한 장정 스무 명을 이끌고 동물 농장을 공격할 계획을 세우고 있다는 것이었다. 동물 농장의 권리 증서를 손에 넣기만 하면 아무런 문제가 없도록 미리 치안 판사와 경찰을 매수해 놓았다는 말도 있었다.

거기에 더해 프레더릭이 자기 농장의 동물들에게 잔혹한 짓을 저지르고 있다는 무시무시한 소문이 핀치필드 농장에서 새어 나왔다. 늙은 말은 때려죽이고, 암소는 굶겨 죽이고, 개는 아궁이에 던져 태워 죽인다고 했다. 또 저녁이면 수탉의 발톱에 면도날 조각을 묶어 싸움을 붙이며 즐기고 있다는 것이었다.

동물들은 동료들에게 이런 끔찍한 만행이 가해지고 있다는 소식에 분노로 피가 부글부글 끓어올랐다. 그래서 모두 함께 핀치필드 농장을 습격하여 인간들을 몰아내고 동물들을 해방시켜 주자고 아우성을 쳤다. 그러나 스퀼러는 무모한 행동을 피하고 나폴레옹의 전략을 믿으라고 타일렀다.

그럼에도 프레더릭에 대한 동물들의 반감은 날로 높아지기만 했다. 어느 일요일 아침, 나폴레옹이 헛간에 나타나, 프레더릭에게 목재를 팔 생각은 단 한 번도 해 본 적이 없다고 해명했다. 그런 악당과 거래를 하는 것은 스스로 체면을 깎는 일이라고도 했다. 반란 소식을 널리 알리기 위해 밖으로 파견되었던 비둘기들은 이제부터 폭스우드 농장에는 아예 얼씬도 말라는 명령을 받았다. 또 지금까지의 "인간에게 죽음을!"이라는 구호 대신에 "프레더릭에게 죽음을!"이라는 새로운 구호를 외치라는 명령도 받았다.

늦여름도 한발 물러갈 무렵, 스노볼의 또 다른 음모가 드러났다. 밀밭이 온통 잡초투성이로 변해 버렸는데, 알고 보니 스노볼이 밤에 몰래 농장으로 숨어 들어와 밀 종자에 잡초 씨를 섞어 놓았기 때문이라는 사실이 밝혀졌다. 이 음모에 가담했던 수거위 한 마리가 스퀼러에게 죄를 자백한 뒤, 그 자리에서 독초인 벨라도나 열매를 먹고 자살했다.

이제야 비로소 동물들은 지금까지 믿고 있었던 것과는 달리 스노볼은 결코 '제1급 동물 영웅' 훈장을 받은 적이 없다는 것을 알게 되었다. 이는 외양간 전투 뒤에 스노볼 자신이 퍼뜨린 헛소문에 지나지 않았다. 그는 훈장을 받기는커녕 그 전투에서 비겁한 행동을 보였기 때문에 오히려 견책을 받았다고 했다. 몇몇 동물들은 이 말을 듣고 또다시 미심쩍게 생각하기도 했다. 그러나 스퀼러는 그들이 잘못 기억하고 있는 것이라고 쉽게 설득할 수 있었다.

그해 가을, 마침내 풍차가 완성되었다. 완공과 가을걷이 시기가 겹쳤기 때문에 그야말로 피땀 흘린 노력 끝에 얻은 성과라고 할 수 있었다. 기계는 아직 휨퍼가 구매 협상을 벌이는 중이었지만, 어쨌든 건물은 완성이 되었다. 경험도 없는 데다가 연장도 아주 원시적인 것뿐이었다. 잇단 악운에 스노볼의 방해 공작까지 얽히는 등 온갖 어려움에 부딪혔다. 이런 난관들을 모두 헤치고 마침내 풍차는 하루도 어김없이, 예정된 기일에 꼭 맞추어 완공되었다!

동물들은 고된 노동으로 몸은 완전히 녹초가 되었지만, 마음만은 몹시 뿌듯했다. 자부심에 가득 차 자신들이 쌓아 올린 걸작품 주위를 빙글빙글 돌았다. 그들의 눈에는 처음에 세웠던 풍차보다 훨씬 더 아름답게 보였다. 더구나 벽은 지난번 것보다 두 배나 두꺼웠다. 이제는 폭탄으로 폭파하지 않는 한 절대로 무너지지 않으리라!

얼마나 열심히 일했으며, 얼마나 많은 절망을 이겨 내야 했던가! 풍차의 날개가 돌아 발전기가 가동되면 모든 생활에 얼마나 큰 변화가 일어나게 될까? 이런 생각을 하고 있으면 그동안 쌓인 피로가 한꺼번에 사라져 버리는 것 같았다. 동물들은 풍차 주위를 몇 번이고 빙빙 돌면서 환호성을 질렀다.

나폴레옹도 수탉을 앞장세우고 개들의 호위를 받으며 나타나 몸소 풍차를 시찰했다. 그는 대사업을 완성시킨 동물들의 노고를 치하했다. 그러고는 이제부터 풍차를 '나폴레옹 풍차'라고 부르겠다고 선언했다.

이틀 뒤 동물들은 헛간에서 열리는 특별 회의에 소집되었다. 그 자리에서 나폴레옹은 목재를 프레더릭에게 팔았다고 발표했다. 동물들은 너무 놀라 입도 제대로 다물지 못했다. 바로 다음 날부터 프레더릭의 마차가 와서 목재를 실어 간다고 했다. 나폴레옹은 겉으로는 필킹턴과 우호적인 관계를 맺는 척하면서, 실제로는 프레더릭과 비밀 계약을 체결했던 것이다.

그날로 폭스우드 농장과의 모든 관계가 단절되었다. 필킹턴에게는 모욕적인 메시지를 보냈다. 비둘기들은 이제 폭스우드 농장이 아니라 핀치필드 농장 근처에 얼씬도 하지 말라는 명령을 받았다. 또 "프레더릭에게 죽음을!"이라는 구호 대신에 "필킹턴에게 죽음을!"이라고 외치라는 지시를 받았다.

나폴레옹은 동물 농장에 대한 공격이 임박했다는 소문은 날조된 것이라고 말했다. 프레더릭이 그의 동물들을 잔혹하게 학대한다는 소문 역시 상당히 과장된 것이라고 단언했다. 덧붙여 그런 소문은 아마도 스노볼과 그의 스파이들이 꾸며 내었을 것이라고 했다.

이제 다시, 진실은 스노볼이 핀치필드 농장에 숨어 있는 것이 아니며, 그는 평생 단 한 번도 그곳에 간 적이 없다는 것으로 바뀌었다. 스노볼은 폭스우드 농장에서 매우 호사롭게 살고 있고, 심지어는 이미 수년간 필킹턴에게서 연금을 받으며 살아왔다고 했다.

돼지들은 나폴레옹의 교묘한 술책을 알고서 크게 환호했다. 나폴레옹은 필킹턴과 사이좋게 지내는 척해서 프레더릭에게서 목재 값을 십이 파운드나 더 올려 받았기 때문이다. 스퀄러는 나폴레옹이 어느 누구도, 심지어 프레더릭조차도 믿지 않는다는 점에서 그 현명함을 엿볼 수 있다고 찬사를 아끼지 않았다.

프레더릭은 종이쪽지 한 장에 지불을 약속한다고 적어 놓은 '수표'라는 것으로 목재 대금을 지불하겠다고 제의했다. 그렇지만 나폴레옹은 그런 얕은 속임수에 넘어갈 만큼 어리석지 않았다. 그는 목재를 실어 가기 전에 먼저 오 파운드짜리 지폐로 대금을 지불하라고 요구했다. 그렇게 해서 프레더릭은 대금을 이미 현금으로 지불했던 것이다. 그 돈이면 풍차에 설치할 기계를 구입하고도 남았다.

목재는 즉시 마차로 실려 나갔다. 목재가 모두 실려 간 뒤 또다시 헛간에서 특별 회의가 열렸다. 모두에게 프레더릭이 지불한 돈을 보여 주기 위해서였다. 가슴에 훈장 두 개를 단 나폴레옹은 얼굴 가득 흡족한 미소를 띤 채 연단 위에 밀짚을 쌓아 만든 침대에 비스듬히 누워 있었다. 그의 옆에는 본채 부엌에서 가져온 도자기 접시 위에 돈이 보기 좋게 쌓여 있었다.

동물들은 줄을 지어 천천히 그 앞을 지나가면서 실컷 돈을 구경했다. 복서는 코를 가까이 갖다 대고서 킁킁거리며 돈 냄새를 맡았다. 그의 콧김에 얇고 흰 지폐들이 팔락이며 바스락거렸다.

그로부터 사흘 뒤에 엄청난 소동이 벌어졌다. 얼굴이 새파랗게 질린 휨퍼가 자전거를 타고 정신없이 달려오더니, 농장 안마당에 자전거를 내팽개치고는 총알처럼 본채로 뛰어 들어갔다. 곧이어 나폴레옹의 방에서 숨이 꽉 막히는 듯 성난 목소리가 터져 나왔다. 소식은 들불처럼 삽시간에 온 농장으로 퍼졌다. 프레더릭이 지불한 돈이 위조지폐였던 것이다! 그렇다면 프레더릭은 돈 한 푼 내지 않고 공짜로 목재를 가져간 것이 아닌가!

나폴레옹은 즉시 동물들을 불러 모았다. 그는 무서운 목소리로 프레더릭에게 사형 선고를 내리고는, 프레더릭을 생포하면 산 채로 끓는 물에 삶아 죽이겠다고 날뛰었다. 그러고는 동물들에게 이런 배신행위 뒤에 최악의 사태가 일어날 수 있음을 예상해야 한다고 경고했다. 프레더릭과 그의 일꾼들이 언제 공격을 감행할지 모른다는 것이었다. 나폴레옹은 농장으로 통하는 모든 길에 보초를 세웠다. 이와 더불어 비둘기 네 마리를 폭스우드 농장으로 보내, 필킹턴과 우호 관계를 회복하고 싶다는 메시지를 전했다.

바로 다음 날 아침, 기다렸다는 듯 적들의 공격이 개시되었다. 동물들이 아침을 먹고 있을 때, 파수꾼이 뛰어 들어와 프레더릭과 그의 일당들이 벌써 농장 출입문을 통과했다고 알렸다. 동물들은 용감히 달려가 적들에 맞서 싸웠다. 그러나 이번에는 외양간 전투 때와는 달리 쉽사리 승리를 거두지 못했다.

적은 열다섯 명이었는데, 그중에 대여섯 명이 총을 들고 있었다. 그들은 동물들이 오십 미터 안으로 들어오자마자 일제히 사격을 가했다. 동물들은 무시무시한 총성과 몸뚱이에 따갑게 박히는 산탄을 막아 낼 도리가 없었다.

나폴레옹과 복서가 동물들이 흩어지지 않게 하려고 필사적으로 노력했지만 얼마 버티지 못하고 사방으로 도망쳤다. 이미 상당수가 부상을 당한 상황이었다. 동물들은 농장 건물 안으로 달려 들어가 벽 틈이나 옹이구멍으로 조심스럽게 바깥을 살펴보았다. 풍차는 물론 넓은 목초지까지 모조리 적의 손에 넘어가고 말았다.

그 순간만큼은 나폴레옹도 어쩔 줄 몰라 하는 것 같았다. 그는 입을 꾹 다문 채 꼬리를 빳빳이 세워 흔들며 이리저리 서성거렸다. 그리고 뭔가를 기다리는 듯한 눈길로 폭스우드 농장 쪽을 흘끔거렸다. 필킹턴과 그의 일꾼들이 도와준다면 아직은 승산이 있을지도 모른다는 생각이었다. 그러나 바로 그때 전날 파견했던 비둘기 네 마리가 돌아와 필킹턴이 보낸 쪽지 한 장을 전했다. 거기에는 연필로 "꼴좋군. 당해도 싸다!"라고 적혀 있었다.

프레더릭과 일꾼들은 풍차 주위에 모여 있었다. 이를 지켜보던 동물들 사이에서 조그마하게 절망에 찬 탄식이 터져 나왔다. 사내 둘이 쇠지레와 큰 망치를 꺼내 든 것이었다. 풍차를 때려 부수려는 모양이었다.

"어림 반 푼어치도 없지!"

나폴레옹이 소리쳤다.

"제아무리 두들겨 대도 소용없어. 벽을 얼마나 두껍게 만들었는데. 일주일이 걸려도 무너뜨리지 못할걸. 자, 동무들, 용기를 내시오!"

그러나 벤저민은 그들의 움직임을 계속 주시했다. 망치와 쇠지레를 든 사내들이 풍차의 밑동 부분에 구멍을 뚫고 있었다. 벤저민은 재미있다는 듯한 표정으로 기다란 콧등을 천천히 끄덕거리며 말했다.

"내 그럴 줄 알았지. 저놈들이 뭘 하려는 건지 모르겠소? 이제 저 구멍 속에 폭약을 집어넣을 거요."

동물들은 겁에 질린 채 잠자코 지켜보았다. 이제는 건물 밖으로 뛰쳐나갈 수도 없는 상황이었다. 잠시 뒤 인간들이 사방팔방으로 뛰어 흩어지는 모습이 보이더니, 곧이어 고막을 찢을 듯한 엄청난 폭발음이 들렸다. 비둘기들이 푸드득거리며 하늘로 날아올랐다. 나폴레옹을 제외한 모든 동물들은 재빨리 배를 깔고 엎드려 땅바닥에 얼굴을 파묻었다.

그들이 다시 고개를 들었을 때, 풍차가 서 있던 자리에는 거대한 검은 연기 구름이 뭉게뭉게 일고 있었다. 바람이 서서히 연기를 흩뜨렸다. 풍차는 흔적도 없이 사라져 버렸다!

이 광경을 보자 동물들은 다시금 용기를 되찾았다. 조금 전까지 느꼈던 공포와 절망은 이 악랄하고 비겁한 행위에 대한 분노 덕분에 순식간에 사라졌다. 동물들은 명령을 기다리지도 않고,

복수를 하자고 크게 함성을 외치며 적을 향해 곧장 돌진했다. 우박처럼 쏟아지는 총알 따위는 아랑곳하지 않았다.

더욱더 잔혹하고 치열한 전투가 벌어졌다. 인간들은 계속 총을 쏘아 댔다. 그러다 동물들이 코앞까지 가까이 다가와 육탄 공격을 가하자 이에 맞서 몽둥이를 휘두르고 구둣발로 걷어찼다. 암소 한 마리, 양 세 마리, 거위 두 마리가 죽었다. 거의 모든 동물들이 크고 작은 부상을 당했다. 후방에서 전투를 지휘하고 있던 나폴레옹도 산탄에 맞아 꼬리 끄트머리가 잘려 나갔다.

그러나 인간들도 무사하지는 않았다. 세 명이 복서의 발길에 차여 머리가 터졌고, 한 명은 쇠뿔에 받혀 배에 상처를 입었으며, 또 한 명은 제시와 블루벨한테 물려 바지가 넝마처럼 갈가리 찢어졌다.

나폴레옹의 호위병인 아홉 마리 개들이 나폴레옹의 지시에 따라 산울타리 그늘로 숨어 들어간 뒤 한 바퀴 돌아서 인간들의 측면에 나타났다. 갑자기 개들이 난폭하게 짖으며 달려들자 인간들은 공포에 사로잡혀 혼비백산했다. 자칫 잘못하면 독 안에 든 쥐 꼴이 될 판이었다.

겁에 질린 프레더릭이 빠져나갈 수 있을 때 빨리 도망치자고 외쳤다. 그러자 적들은 걸음아 날 살려라, 하고 일제히 달아났다. 동물들은 끝까지 추격하여 인간들이 산울타리 사이를 헤치고 간신히 빠져나가는 마지막 순간까지 엉덩이를 몇 번씩 더 걷어찼다.

동물들이 승리했다. 그러나 모두들 완전히 기진맥진한 데다가 피를 줄줄 흘리고 있었다. 그들은 다리를 절룩거리며 천천히 농장으로 돌아왔다. 몇몇은 죽은 동료들이 풀밭에 쓰러져 있는 모습을 보자 감정이 북받쳐 눈물을 쏟아 냈다. 그들은 슬픔에 잠긴 채 조금 전까지 풍차가 서 있던 곳에서 걸음을 멈추었다. 잠시 동안 어느 누구도 입을 열지 못했다.

풍차는 온데간데없이 사라져 버렸다. 그들이 그토록 피땀 흘려 쌓아 올린 풍차가 흔적도 없이 날아가 버린 것이었다! 심지어 토대마저도 일부분이 파괴되었다. 풍차를 다시 세우려고 해도 이제는 지난번처럼 무너진 돌을 그대로 사용할 수도 없었다. 폭발과 함께 돌들이 멀리멀리 날아갔기 때문이다. 그곳은 마치 애초부터 풍차 같은 것은 없었던 곳처럼 보였다.

동물들이 농장에 들어서니 전투가 벌어질 때는 보이지 않았던 스퀼러가 꼬리를 흔들며 뛰어왔다. 그는 얼굴 가득 만족스러운 미소를 띠고 있었다. 그때 농장 건물 쪽에서 묵직한 총소리가 들려왔다.

"저 총소리는 뭡니까?"

복서가 물었다.

"우리의 승리를 축하하기 위한 겁니다!"

스퀼러가 큰 소리로 대답했다.

"무슨 승리요?"

복서가 다시 물었다. 그의 무릎에서는 피가 줄줄 흐르고 있었다. 게다가 한쪽 편자가 없어지는 바람에 발굽 절반이 찢어졌고, 뒷다리에는 산탄이 열 두 발이나 박혔다.

"동무, 무슨 승리라니요? 우리는 이 동물 농장의 신성한 땅에서 적을 몰아내지 않았습니까?"

"하지만 인간들은 우리 풍차를 박살 냈어요. 우리가 이 년 동안 애써 세운 그 풍차를 말입니다!"

"그게 무슨 상관입니까? 우리는 다시 풍차를 세울 겁니다. 마음만 먹는다면 풍차 같은 건 여섯 개라도 세울 수 있어요. 동무는 우리가 이루어 낸 위대한 과업을 인정하지 않는 거요? 적들은 지금 우리가 서 있는 이 땅을 점령했어요. 그런데 우리는 나폴레옹 동무의 지도력 덕분에 이 땅을 한 뼘도 잃지 않고 모두 되찾았단 말이오!"

"그렇다면 우리가 갖고 있던 것을 되찾은 셈이로군."

"그게 바로 우리의 승리라는 거요."

스퀼러가 대꾸했다.

동물들은 다리를 절룩거리며 안마당으로 들어섰다. 복서는 다리에 박힌 산탄 때문에 쿡쿡 쑤시고 몹시 아팠다. 그는 풍차 재건이라는 막중한 노동이 자신을 기다리고 있다는 사실을 깨달았다. 이미 마음속으로는 그 일을 하기 위해 용기를 그러모으고 있었다. 그러나 난생처음으로 자신이 벌써 열한 살이나 되었으며, 단단한 근육도 예전 같지 않으리라는 생각이 들었다.

동물들은 초록색 깃발이 나부끼는 것을 보고, 일곱 발의 축포 소리를 듣고, 자신들의 용감한 행동을 치하하는 나폴레옹의 연설을 들었다. 그러고 있으니 어쨌든 정말로 자신들이 크게 승리한 것 같은 느낌이었다.

전투 중에 목숨을 잃은 동물들의 장례식이 엄숙하게 치러졌다. 복서와 클로버가 영구차로 꾸민 짐마차를 끌었다. 나폴레옹은 몸소 장례 행렬의 맨 앞에 서서 걸어갔다.

전승 축하 행사는 꼬박 이틀 동안이나 계속되었다. 노래를 부르고, 연설을 하고, 연달아 축포를 쏘아 올렸다. 특별 선물도 지급되었다. 동물들에게는 사과 한 개, 새들에게는 곡물 육십 그램, 개들에게는 비스킷 세 개씩이 배급되었다.

이번 전투는 '풍차 전투'라고 불리게 될 것이라고 했다. 나폴레옹은 '녹색 깃발 훈장'이라는 새로운 훈장을 만들어 자신에게 수여한다고 발표했다. 모두가 승리를 축하하며 즐거워하는 가운데 위조지폐 사건은 까맣게 잊히고 말았다.

그로부터 며칠 뒤, 돼지들은 우연히 본채 지하실에서 위스키 한 상자를 발견했다. 본채를 처음 점거했을 때는 미처 발견하지 못한 것이었다. 그날 밤 본채에서 왁자지껄한 노랫소리가 들려왔다. 동물들은 무척 놀랐는데, 노래 중에 〈영국의 동물들〉이 섞여 있었기 때문이다. 밤 아홉 시 반쯤, 동물들은 나폴레옹이 예전에 존스가 예복을 입을 때 쓰던 낡은 중절모를 쓰고 뒷문으로 나와 마당을 미친 듯이 달리더니 다시 황급히 집 안으로 사라지는 모습을 똑똑히 목격했다.

아침이 되자 본채 주변은 쥐 죽은 듯 조용했다. 누구 하나 일어난 기척이 없었다. 그럭저럭 아홉 시가 다 되었을 무렵, 스퀼러가 느릿느릿한 걸음걸이로 비실거리며 모습을 나타냈다. 몽롱한 눈빛에다가 꼬리를 꽁무니에 힘없이 축 늘어뜨린 것이 마치 중병에라도 걸린 듯한 모습이었다. 그는 동물들을 불러 모으더니, 매우 슬픈 소식을 전하겠다고 말했다. 나폴레옹이 지금 죽어 가고 있다는 것이 아닌가!

여기저기서 비탄에 젖은 울부짖음이 터져 나왔다. 동물들은 본채 문밖에 짚을 깔아 놓고 발끝으로 살금살금 조심스레 걸어 다녔다. 그들은 눈물을 흘리면서, 위대한 지도자가 곁에서 떠난다면 앞으로 어떻게 될 것인지를 서로에게 물으며 걱정했다. 스노볼이 나폴레옹의 음식에 교묘하게 독약을 넣었다는 소문도 퍼졌다. 열한 시가 되자 스퀼러가 다시 나타나 또 다른 발표를 했다. 나폴레옹이 죽기 전의 마지막 조치로 술을 마시는 동물은 사형에 처한다는 엄한 칙령을 내렸다는 내용이었다.

그러나 해질 녘에는 나폴레옹이 조금 나아진 것처럼 보였다. 이튿날 아침에는 스퀼러가 나폴레옹은 회복해 가는 중이라고 발표했다. 그리고 그날 저녁때쯤 나폴레옹은 다시 집무를 시작했다. 다음 날 그가 휨퍼에게 윌링던에서 양조와 증류에 관한 책을 몇 권 구입해 달라고 부탁했다는 사실이 알려졌다.

그로부터 일주일 뒤, 나폴레옹은 과수원 너머의 작은 방목장을 쟁기로 갈아 일구도록 지시했다. 그곳은 예전에 은퇴하는 동물들의 여생을 위한 목초지로 남겨 두었던 곳이었다. 나폴레옹은 목초지가 황폐해졌기 때문에 씨를 새로 뿌려야 한다고 했다. 하지만 얼마 지나지 않아 나폴레옹이 그곳에 보리를 심으려고 한다는 것이 알려졌다.

그즈음 누구도 이해할 수 없는 이상야릇한 사건이 일어났다. 어느 날 밤 열두 시쯤, 안마당에서 딜커덩하고 뭔가 부서지는 소리가 요란하게 났다. 깜짝 놀란 동물들이 모두 소리가 난 곳으로 달려갔다. 달빛이 환히 쏟아지는 밤이었다. 큰 헛간의 '일곱 계명'이 쓰여 있는 벽 아래에 사다리 하나가 두 쪽으로 부러져 있었다. 그 옆에 스퀄러가 흉측한 꼴로 뻗어 기절해 있었고, 바로 옆에는 등불과 페인트 붓, 흰색 페인트 통이 뒤엎어진 채 나뒹굴고 있었다.

개들이 즉시 달려와 스퀄러를 둘러싸더니, 그가 좀 정신이 들자 부축해서 본채로 데리고 갔다. 동물들은 도대체 어떻게 된 일인지 알 수가 없었다. 오직 벤저민만이 마음에 짚이는 것이 있다는 듯 고개를 끄덕였다. 그러나 아무 말도 하지 않았다.

며칠 뒤, 뮤리얼은 혼자서 '일곱 계명'을 읽어 보다가 동물들이 잘못 기억하고 있는 계명이 또 하나 있다는 것을 깨달았다. 지금껏 동물들은 다섯 번째 계명이 "어떤 동물도 술을 마셔서는 안 된다."라고 알고 있었다. 그런데 이제 다시 보니 그들이 잊고 있던 단어가 더 있었다. 벽에 쓰여진 다섯 번째 계명은 이것이었다.

어떤 동물도 술을 '너무 많이' 마셔서는 안 된다.

제 9 장

복서, 농장을 떠나다

복서의 찢어진 발굽이 낫기까지는 오랜 시간이 걸렸다. 동물들은 전승 축하 행사가 끝난 바로 다음 날부터 풍차를 다시 짓기 시작했다. 복서는 단 하루도 쉬지 않고 일했다. 그는 자신이 힘들어하는 모습을 다른 동물들에게 보이지 않는 것이야말로 명예로운 일이라고 여겼다.

그러나 밤이 되면 클로버에게 발굽이 아파 못 견디겠다고 남몰래 털어놓곤 했다. 클로버는 약초를 씹어서 만든 약을 복서의 발굽에 발라 주었다. 클로버와 벤저민은 복서에게 제발 너무 무리하지 말라고 당부했다.

"말의 허파라고 뭐, 무쇠로 만들어진 줄 알아요?"

클로버가 그에게 말했다.

그러나 복서는 그런 말을 귀담아듣지 않았다. 그는 자신에게 남은 희망은 오직 단 하나, 은퇴할 나이가 되기 전에 풍차가 돌아가는 모습을 똑똑히 보는 것뿐이라고 했다.

여러 가지 법률이 제정되던 동물 농장 초기 시절, 동물들은 은퇴 연령도 정했다. 말과 돼지는 열두 살, 소는 열네 살, 개는 아홉 살, 양은 일곱 살, 그리고 닭과 거위는 다섯 살이었다. 노령 연금도 후하게 책정되었다. 아직까지는 은퇴해서 실제로 연금을 받은 동물은 한 마리도 없었지만, 요즘 들어서 이 문제를 점점 더 자주 논의하기 시작했다.

과수원 너머에 있는 작은 방목장은 보리를 심는 데 할당되었기 때문에 널따란 목초지 한구석을 산울타리로 막아 동물들의 은퇴지로 사용한다는 소문이 나돌았다. 말은 연금으로 하루에 곡물 이 킬로그램, 겨울에는 건초 칠 킬로그램, 경축일에는 당근 한 개, 그리고 잘하면 사과 한 개를 더 받게 된다고 했다. 복서의 열두 번째 생일은 이듬해 늦여름이었다.

농장 생활은 여전히 고되기만 했다. 이번 겨울도 지난해만큼이나 추운 데다 식량 사정은 더욱더 악화되었다. 또다시 돼지와 개를 제외한 다른 동물들의 식량 배급량이 줄어들었다. 스퀼러는 식량을 지나치게 평등하게 배급하는 것은 동물주의의 원칙에 어긋나는 것이라고 설명했다.

겉으로 보기에는 어떻든 간에, 실제로는 식량이 결코 '부족하지 않다'는 것을 다른 동물들에게 설명해 주는 것쯤은 스퀼러에게 그리 어려운 일이 아니었다. 그는 당분간 배급량을 재조정할 필요가 있다고 했다. 그런데 언제나 '재조정'이라고 말하지 절대로 '감축'이라고는 하지 않았다. 재조정을 한다 해도 어쨌든 존스 시절과 비교해 보면 크게 개선된 것이라고 주장했다.

스퀼러는 날카로운 목소리로 재빠르게 숫자를 읽어 내려가면서 동물들이 존스 시절보다 귀리와 건초, 순무를 더 많이 받고 있다고 했다. 전보다 노동 시간은 줄어들었다, 식수의 질이 좋아졌다, 수명이 길어졌다, 새끼들의 생존율이 높아졌다, 또 축사에 까는 짚이 많아졌을 뿐만 아니라 벼룩 때문에 고생하는 일도 훨씬 줄었다 등의 사실을 조목조목 제시했다.

동물들은 그의 설명을 하나에서 열까지 모두 그대로 믿었다. 사실 존스 시절에 있었던 일들은 기억에서 거의 다 사라지다시피 했다. 동물들은 현재의 생활이 너무나 힘들고 어렵다는 것, 자주 굶주리고 추위에 떨어야 한다는 것, 잠자는 시간을 제외하고는 하루 종일 일해야 한다는 것만을 알고 있을 뿐이었다.

그렇지만 예전에는 지금보다 사정이 더 나빴다는 것은 의심할 여지가 없었다. 동물들은 마음속으로 그렇게 믿고 있었다. 더구나 그 시절에는 모두가 노예였지만 지금은 자유의 몸이 아닌가! 스퀼러가 언제나 지적했듯이 그것이 가장 중요한 차이였다.

이제는 먹여 살려야 할 가족도 훨씬 많아졌다. 가을에는 암퇘지 네 마리가 거의 동시에 새끼를 서른한 마리나 낳았다. 새끼 돼지들은 모두 흑백의 점박이였다. 이 농장에서 거세하지 않은 수퇘지는 나폴레옹뿐이었으므로 이 새끼 돼지들의 아비가 누구인지는 쉽게 짐작할 수 있었다.

얼마 후, 벽돌과 목재를 사들여 본채 정원에 교실을 짓는다는 발표가 났다. 한동안은 나폴레옹이 본채의 부엌에서 새끼 돼지들을 교육시켰다. 새끼 돼지들은 정원에서 체육 수업을 받았고, 다른 새끼 동물들과 어울려 놀지 말라는 지시를 받았다.

이 무렵에는 돼지에 관한 새로운 법도 제정되었다. 돼지와 다른 동물이 길에서 마주치면 다른 동물이 길을 비켜서야 한다는 내용이었다. 또 신분이 어떠하든 간에 모든 돼지들은 일요일에는 꼬리에 초록색 리본을 매는 특권을 갖는다는 규칙도 생겼다.

그해 동물 농장은 꽤 풍성한 수확을 올렸다. 그러나 여전히 돈이 부족했다. 교실을 지을 벽돌과 모래와 석회를 사들여야 했고, 풍차에 사용할 기계를 구입하기 위한 돈도 따로 모아야 했다. 본채에서 사용할 등잔 기름과 양초, 나폴레옹의 식탁에 놓을 설탕도 필요했다. 그는 살찐다는 이유로 다른 돼지들은 설탕을 못먹게 했다. 그 밖에도 연장, 못, 끈, 석탄, 철사, 고철 조각, 개가 먹을 비스킷 등 일상적인 소모품도 사야 했다.

그래서 건초 한 더미와 수확한 감자 일부를 헐값에 팔아 치웠다. 달걀 판매 수량은 주당 육백 알로 늘어났다. 그 때문에 암탉들은 지난해와 비슷한 수를 유지할 정도로만 병아리를 부화시켰다. 12월에 줄어들었던 식량 배급량은 2월에 또다시 줄었다. 기름을 아끼기 위해 축사의 등불도 켜지 못하게 했다. 하지만 돼지들은 매우 안락하게 지내는 것처럼 보였다. 실제로 돼지들은 피둥피둥 살이 오르고 있었다.

2월 하순 어느 날 오후, 동물들은 여태껏 한 번도 맡아 보지 못한 구수하고도 달큰한 냄새를 맡았다. 입맛을 돋우는 그 냄새는 존스 시절에는 사용하지 않았던 부엌 뒤쪽의 작은 양조장에서 안마당 쪽으로 풍겨 왔다. 누군가의 말로는 보리를 삶는 냄새라고 했다. 허기진 동물들은 코를 벌름거리며 냄새를 맡았다. 모두들 어쩌면 저녁 식사 때에는 구수하고 따뜻한 여물을 먹을 수 있지 않을까 기대했다. 그러나 그들의 저녁에 따뜻한 여물 같은 건 전혀 없었다.

다음 일요일이 되자 앞으로 보리는 모두 돼지에게만 지급한다는 발표가 있었다. 과수원 건너편 들판에는 이미 보리를 심어 놓았다. 그리고 곧이어 어디선가 이상한 소문이 흘러나왔다. 돼지들은 날마다 맥주를 일 파인트(0.57리터)씩 배급받으며, 나폴레옹에게는 반 갤런(약 2.27리터)씩 제공된다는 것이었다. 특히 나폴레옹은 맥주를 항상 만찬용 크라운 더비 수프 접시에 따라 마신다고 했다.

동물들은 여러 가지 고통을 참아 내야 하는 상황이기는 해도, 지금의 생활이 예전보다 더 품위 있다는 사실을 위안으로 삼았다. 이즈음엔 전보다 노래도 더 자주 불렀고, 연설도 더 많아졌으며, 행진도 더 잦아졌다.

나폴레옹은 동물 농장의 투쟁과 승리를 기념하기 위해 매주 한 번씩 '자발적 시위 행진'이라는 것을 실시하라고 명령했다. 동물들은 정해진 시간이 되면 일손을 놓고, 돼지들이 앞장선 가운데 말, 소, 양, 닭, 오리의 순서로 줄을 지어 농장 경계를 돌며 행진했다. 나폴레옹의 검은 수탉이 대열의 맨 앞에 있었고, 개들은 대열의 양옆을 지켰다. 복서와 클로버는 발굽과 뿔이 그려진 초록색 깃발을 양쪽에서 받쳐 들고 행진했는데, 거기에는 "나폴레옹 동무 만세!"라고 쓰여 있었다.

행진을 하고 난 다음에는 나폴레옹을 찬양하는 시를 몇 편 낭송하고, 최근에 식량 생산량이 늘어났다는 내용을 자세히 설명하는 스퀼러의 연설이 이어졌다. 때로는 축포를 발사하기도 했다. 양들은 자발적 시위 행진의 가장 열렬한 지지자였다. 가끔 돼지들이나 개들이 주위에 없으면, 몇몇 동물들은 행사를 위해 추위에 떨며 서 있게 하는 이런 짓은 시간 낭비라고 불평을 늘어놓기도 했다. 그럴 때마다 양들은 엄청나게 큰 소리로 "네 발은 좋고, 두 발은 나쁘다!"를 외쳐 대어 상대방이 더 이상 아무 말도 못 하게 해 버렸다.

그러나 동물들은 대체적으로 이런 축하 행사를 좋아했다. 뭐니 뭐니 해도 자신들이 진정한 농장의 주인이며, 모든 일은 자신들을 위해서 하는 것이라는 생각은 크나큰 위안이 되었던 것이다. 노래를 부르고, 행진을 하고, 스퀼러의 일장 연설과 우레 같은 축포 소리를 듣고, 수탉이 내지르는 소리에 귀를 기울이고, 또 펄럭이는 깃발을 바라보는 동안에는 잠시나마 배고픔을 잊을 수가 있었다.

4월이 되자 동물 농장은 '공화국'으로 선포되었다. 그래서 대통령을 뽑아야 했다. 후보자는 나폴레옹 혼자뿐이었고, 만장일치로 당선되었다.

바로 그날, 스노볼이 존스와 공모했다는 사실을 좀 더 소상히 밝히는 새로운 문서가 발견되었다. 그 문서에 따르면, 동물들이 지금까지 생각하고 있었던 것처럼 스노볼은 단순히 전략적으로 외양간 전투에서 패하도록 시도했던 것만이 아니었다. 처음부터 아예 드러내 놓고 존스 쪽에 가담해 싸웠다는 것이다. 실제로 그는 농장에 쳐들어온 인간들을 직접 지휘하고, "인간 만세!"를 외치며 전투에 뛰어들었다고 했다. 몇몇이 아직도 기억하고 있는 스노볼의 등 부상은 사실 나폴레옹이 이빨로 물어뜯어 생긴 상처였다고 했다.

여름이 깊어 갈 무렵, 몇 해 동안 행방을 감추었던 까마귀 모지스가 갑자기 다시 농장에 나타났다. 그는 조금도 변하지 않았다.

예전처럼 여전히 일은 하지 않으면서 입으로는 쉴 새 없이 설탕사탕 산에 대해 지껄여 댔다. 그는 나무 그루터기에 앉아 검은 날개를 퍼덕거리면서 아무나 붙잡고 몇 시간씩 수다를 떨곤 했다.

"동무들, 저기 저 위에……."

그는 큼직한 부리로 하늘을 가리키며 뽐내듯 말했다.

"지금 보이는 저기 저 검은 구름 너머에 설탕사탕 산이 있는데, 그곳은 우리처럼 불쌍한 동물들이 일하지 않고도 영원히 편안하게 살 수 있는 행복한 나라라니까요."

그는 언젠가 하늘 높이 날다가 그곳에 가 본 적이 있는데, 토끼풀이 무성한 들판과 각설탕이 자라는 산울타리를 보았다고 주장했다. 많은 동물들이 그의 말을 곧이곧대로 믿었다. 지금 자신들은 몹시 배가 고프고 힘겨운 삶을 살고 있으므로, 어딘가 다른 곳에 좀 더 아름다운 세상이 존재하는 것은 너무도 당연한 일이 아닐까?

아무래도 이해할 수가 없는 것은 모지스에 대한 돼지들의 태도였다. 돼지들은 하나같이 모지스의 설탕사탕 산 이야기가 말도 안 되는 헛소리일 뿐이라며 경멸스럽다는 듯 일축해 버렸다. 그러면서도 일도 하지 않는 모지스를 농장에서 지내도록 내버려 두는가 하면, 날마다 맥주를 사 분의 일 파인트(0.14리터)씩 주는 것이었다.

복서는 발굽의 상처가 아물자 예전보다 훨씬 더 부지런히 일했다. 사실 그해 일 년 동안 모든 동물들은 노예처럼 힘들게 일했다. 일상적인 농장 일과 풍차 재건 작업 말고도 3월부터는 새끼 돼지를 위한 교실 건축 공사가 시작되었다.

제대로 먹지도 못하면서 오랜 시간 일해야 하는 상황은 견디기 힘들었지만, 복서는 절대로 굽히지 않았다. 그의 말씨로 보나 행동으로 보나, 체력이 예전만 못하다는 징후는 조금도 찾아볼 수 없었다. 다만 조금 달라진 것이 있다면 그의 전체적인 용모였다. 피부는 예전만큼 윤기가 돌지 않았고, 큼직한 엉덩이도 살이 많이 빠진 듯 보였다. 그런 복서를 보며 동물들은 이렇게 말하곤 했다.

"봄에 새 풀이 돋아나면 복서도 다시 살이 오를 거야."

그러나 봄이 와도 복서는 살이 찌지 않았다. 복서가 채석장 꼭대기로 향하는 비탈길에서 거대한 돌덩이를 끌어올리려고 혼신의 힘을 다하는 모습을 보면, 그는 오로지 일을 해야 한다는 의지력으로 버티고 있는 것처럼 보였다. 그럴 때 그의 입술은 "내가 좀 더 일하면 돼."라고 말하는 듯 움직였다. 하지만 막상 목소리는 나오지 않았다.

클로버와 벤저민이 그에게 거듭 건강을 생각하라고 당부했다. 그러나 복서는 여전히 귀담아듣지 않았다. 어느새 그의 열두 번째 생일이 다가왔다. 그는 자기가 은퇴하기 전까지 돌덩이를 조금이라도 더 많이 쌓아 놓을 수만 있다면 자신이야 어떻게 되든 상관없다는 듯한 태도였다.

어느 늦은 저녁, 갑자기 복서에게 무슨 일이 일어났다는 말이 돌았다. 그는 혼자서 돌무더기를 한가득 실은 수레를 끌고 풍차가 있는 곳으로 내려간 참이었다. 그 말은 사실이었다. 몇 분 뒤 비둘기 두 마리가 황급히 날아와 소식을 알렸다.

"복서가 쓰러졌어요! 옆으로 쓰러져서 일어나질 못해요!"

동물들이 우르르 풍차 공사를 하는 곳으로 달려갔다. 아니나 다를까 복서는 머리조차 들지 못하고 목을 쭉 뻗은 채 끌채 사이에 쓰러져 있었다. 눈빛은 흐릿했고 옆구리는 땀으로 흠뻑 젖어 있었다. 입에서 한 줄기 피가 가느다랗게 흘러내렸다. 클로버가 그의 옆에 무릎을 꿇고 앉으며 소리쳤다.

"복서! 도대체 어떻게 된 거예요?"

"폐에 문제가 있나 봐요."

복서가 힘없는 목소리로 대답했다.

"하지만 걱정하지 말아요. 나 없이도 여러분의 힘으로 풍차를 완성시킬 수 있을 겁니다. 돌은 꽤 많이 모아 두었어요. 어차피 난 한 달밖에 남지 않았잖아요. 솔직히 말하자면, 나는 은퇴할 날만을 기다리고 있었어요. 벤저민도 많이 늙었으니, 어쩌면 나와 같이 은퇴시켜 서로 동무하며 살게 될지도 모를 일이지……."

"빨리 치료를 받아야 해요. 누구든 당장 달려가서 스퀼러에게 이 일을 알려 줘요."

클로버가 다급하게 말했다. 그러자 동물들은 스퀼러에게 소식을 알리기 위해 본채로 몰려갔다. 클로버와 벤저민만이 곁에 남았다. 벤저민은 복서 옆에 앉아서 아무 말 없이 긴 꼬리로 파리를 쫓아 주었다.

십오 분쯤 지나, 스퀼러가 걱정이 가득한 얼굴로 나타났다. 그는 농장에서 가장 성실한 일꾼에게 이 같은 불행이 닥친 것에 대해 나폴레옹이 매우 상심하고 있다고 말했다. 또 복서를 윌링턴에 있는 동물 병원으로 보내 치료를 받게 하려고 조치를 취하는 중이라고 했다.

이 말을 듣자 동물들은 왠지 불안해졌다. 몰리와 스노볼 말고는 어느 누구도 이 농장을 떠난 적이 없었다. 더구나 병든 친구를 무턱대고 인간의 손에 맡기고 싶지는 않았다. 그러나 스퀼러는 윌링턴의 수의사라면 농장에서 치료하는 것보다 훨씬 더 잘 치료할 수 있다고 설득했다.

삼십 분쯤 지나자 복서는 다소 기운을 차렸다. 그는 간신히 발을 딛고 일어나 절룩거리며 마구간으로 돌아왔다. 클로버와 벤저민이 그를 위해 짚으로 푹신한 침대를 마련해 주었다.

그 뒤 이틀 동안 복서는 마구간에서 푹 쉬었다. 돼지들은 목욕탕 약장에서 발견한 커다란 분홍색 약 한 병을 보내 주었다. 클로버가 하루에 두 번씩, 식사 후에 그 약을 복서에게 먹였다. 밤이 되면 클로버는 복서의 곁에 앉아 이런저런 이야기를 나누었다. 그러는 동안 벤저민은 옆에 앉아 파리를 쫓아 주었다.

복서는 자기가 쓰러진 것이 조금도 슬프지 않다고 말했다. 몸이 나아지면 앞으로 삼 년 정도는 더 살 수 있을 것이고, 목초지에 한구석에 마련된 은퇴지에서 편안하게 보낼 날들을 기다리고 있다고 했다. 그날이 오면 난생처음으로 공부도 하고 사색에 잠겨 마음을 수양할 여유도 갖게 될 터였다. 그는 아직도 다 외우지 못한 알파벳의 나머지 스물두 자를 완전히 익히는 데 여생을 바칠 작정이라고 했다.

벤저민과 클로버는 하루 일과가 끝난 뒤에만 복서와 함께 있을 수 있었다. 며칠 후, 커다란 포장마차가 와서 복서를 데려간 것은 한낮에 일어난 일이었다. 동물들은 모두 돼지 한 마리의 감독 아래 순무밭에서 잡초를 뽑고 있었다. 그때 벤저민이 목청이 터져라 소리를 지르며 농장 건물 쪽에서 다급하게 달려오는 것을 보고 모두들 깜짝 놀랐다. 벤저민이 그토록 흥분하는 모습은 처음 보았기 때문이었다. 그가 그렇게 빨리 달리는 것을 본 것도 처음이었다.

"빨리 와요, 어서 빨리!"

벤저민이 큰 소리로 외쳤다.

"어서 빨리 와 봐요! 지금 복서를 끌어가고 있다고!"

동물들은 돼지의 명령을 기다리지도 않고 작업을 중단한 채 농장 건물 쪽으로 달려갔다. 아니나 다를까 안마당에 말 두 마리가 끄는 커다란 포장마차가 서 있었다. 포장에는 뭐라고 쓰인 간판이 붙어 있고, 마부석에는 납작한 중산모자를 쓴 교활한 인상의 사나이가 앉아 있었다. 복서의 마구간은 텅 비어 있었다.

동물들은 모두 마차 주위로 모여들어 한목소리로 외쳤다.

"잘 가요, 복서!"

"안녕히 가십시오!"

그러자 벤저민이 작은 발을 동동 구르고, 동물들 사이를 껑충껑충 뛰어 돌아다니면서 소리쳤다.

"바보들! 이 바보들아! 이 눈뜬장님들아! 저 마차 옆구리에 뭐라고 쓰여 있는지 안 보여?"

그 말을 듣고 동물들은 주춤하면서 입을 다물었다. 갑자기 쥐 죽은 듯 조용해졌다. 뮤리얼이 한 글자씩 떠듬떠듬 읽기 시작했다. 그러자 벤저민이 그녀를 옆으로 밀치고는 크게 소리 내어 읽었다.

"'앨프리드 시몬즈, 말 도살 및 아교 제조업, 윌링던 소재. 동물 가죽과 뼛가루 매매. 개집도 판매함.' 저게 무슨 뜻인지 모르겠어? 복서는 지금 말 도축업자한테 끌려가고 있는 거란 말이야!"

순간 모두의 입에서 한꺼번에 공포에 찬 외침이 터져 나왔다. 그와 동시에 마부석에 앉은 사나이가 말에 채찍질을 했다. 마차는 빠른 속도로 안마당을 빠져나갔다. 동물들이 그 뒤를 쫓아가면서 고래고래 소리를 질렀다. 클로버가 다른 동물을 밀치고 맨 앞으로 나갔다. 마차는 더욱 속도를 내기 시작했다. 클로버는 전속력으로 달리려고 뚱뚱한 네 다리를 열심히 움직였지만, 겨우 구보(경마 용어 중 하나로, 말이 워밍업을 위해 가볍게 천천히 달리는 것을 말한다.─옮긴이)로 달릴 뿐이었다.

"복서! 복서! 복서! 복서!"

클로버가 외쳤다. 바로 그 순간 자신을 부르는 소리를 들었는지 코 밑에 흰 줄무늬가 있는 복서의 얼굴이 마차 뒷문의 조그마한 창에 나타났다.

"복서!"

클로버가 미친 듯이 외쳤다.

"복서! 내려요! 어서 내리라고요! 저들은 당신을 끌고 가 죽이려는 거예요!"

다른 동물들도 클로버의 목소리에 맞추어 고함을 질렀다.

"내려요, 복서! 빨리 내려요!"

그러나 이미 속력을 낸 마차는 점점 더 멀어지고 있었다. 클로버가 한 말을 과연 복서가 알아들었는지는 알 수 없었다. 그러나 곧이어 마차의 창에서 복서의 얼굴이 사라지더니, 마차 안에서 쿵쾅거리며 발굽을 구르는 소리가 요란하게 들렸다. 마차를 부수고 탈출하려는 모양이었다.

예전 같으면 복서가 두어 번 걸어차면 이런 마차쯤은 성냥갑처럼 쉽게 박살 났을 것이다. 그러나 슬프게도 그에게는 이제 그런 힘이 남아 있지 않았다! 잠시 뒤 쿵쿵거리던 발굽 소리마저 점점 약해지더니 끝내는 아무 소리도 들리지 않았다. 동물들은 마차를 끄는 말 두 마리에게 멈추어 달라고 애원하기 시작했다.

"동무들, 이봐, 동무들! 동무들의 형제를 죽음으로 끌고 가지 말아 주시오!"

그러나 멍청한 짐승들은 너무나 무지한 탓에 무슨 일이 일어나고 있는지 이해하지 못했다. 그저 귀를 뒤로 젖힌 채 더욱 속력을 낼 뿐이었다. 복서의 얼굴은 다시는 나타나지 않았다. 누군가가 마차보다 앞질러 가 출입문을 닫으려고 했지만, 때는 이미 늦었다. 마차는 순식간에 출입문을 빠져나가 빠르게 큰길 아래쪽으로 사라져 버렸다. 그 뒤로 복서의 모습은 두 번 다시 볼 수 없었다.

그로부터 사흘 뒤, 복서는 말이 받을 수 있을 만한 온갖 치료를 다 받았지만 결국 윌링던의 한 병원에서 사망했다는 발표가 났다. 스퀼러가 이 소식을 전했다. 그는 복서가 임종할 때 그 자리를 지켰다고 했다.

"지금까지 그토록 감동적인 광경을 본 적이 없습니다!"

스퀼러가 앞발을 들어 눈물을 닦으며 말했다.

"복서가 숨을 거두는 마지막 순간에 그의 머리맡에 있었지요. 복서는 임종이 가까워지자 거의 들릴락 말락 하는 가냘픈 목소리로 내 귀에 대고 말하더군요. 풍차가 완성되는 걸 보지 못하고 죽는 것이 유일하게 마음에 걸리는 일이라고요. 그는 '전진합시다, 동무들!' 하고 속삭였소. '반란의 이름으로 전진합시다. 동물 농장이여, 영원하라! 나폴레옹 동무 만세! 나폴레옹 동무는 언제나 옳다.' 동무들, 이것이 그의 마지막 말이었습니다."

이 대목에서 스퀄러의 태도가 갑자기 달라졌다. 그는 잠시 입을 다물었다. 그러고는 조그마한 눈에 의심을 가득 담아 재빨리 이리저리 살펴보더니 다시 말을 꺼냈다.

"그가 병원으로 실려 갈 때 고약한 소문이 나돌았다는 것을 알고 있습니다. 복서를 태우고 간 마차에 '말 도살업'이라고 쓰여 있는 것을 보고 누군가는 복서가 도살장에 넘겨진 것으로 지레짐작했다는데, 우리 중에 그런 어리석은 자가 있다는 사실을 도저히 믿을 수 없군요."

스퀄러는 꼬리를 빳빳이 세우고는 이쪽 끝에서 저쪽 끝으로 껑충껑충 뛰면서, 나폴레옹이 설마 그런 일을 저질렀겠느냐고 격분한 어조로 분통을 터뜨렸다. 그 일에 대한 스퀄러의 설명은 아주 간단했다. 원래 그 마차는 도살업자의 것이었는데, 수의사가 사들인 뒤 미처 옛날 이름을 지우지 못해서 오해가 생긴 것이라고 했다.

동물들은 그의 말을 듣고 자못 안심이 되었다. 스퀄러는 계속해서 복서의 임종 당시를 눈앞에 그려 보이듯 생생하게 이야기해 주었다. 복서는 마지막까지 따뜻하고 극진한 보살핌을 받았으며, 나폴레옹이 비용을 아끼지 않고 받을 수 있는 모든 치료를 받게 했다고 말했다. 그러자 동물들은 자신들이 품고 있던 마지막 의심까지 말끔히 사라지는 것을 느꼈다. 복서가 적어도 행복하게 임종을 맞았다고 생각하니 슬픔도 웬만큼 가라앉았다.

그다음 일요일 아침, 나폴레옹은 몸소 회의에 나타나 복서를 칭송하는 짤막한 연설을 했다. 그는 죽은 동무의 유해를 농장까지 옮겨 와 묻어 줄 수는 없었지만, 이미 본채 정원에 있는 월계수로 커다란 화환을 만들어 복서의 무덤에 바치도록 지시했다고 말했다. 또 돼지들이 며칠 내로 복서의 죽음을 애도하는 추모 연회를 열 계획이라고 했다.

나폴레옹은 복서가 입버릇처럼 말하던 "내가 좀 더 일하면 돼."와 "나폴레옹 동무는 언제나 옳다."라는 구호를 다시 한 번 상기시켰다. 그는 모든 동물들이 이 구호를 각자의 좌우명으로 삼아도 좋을 것이라는 말로 연설을 마쳤다.

추모 연회가 열리는 날, 윌링던의 식료품 가게의 마차가 커다란 나무 상자 하나를 배달했다. 그날 밤 본채에서는 시끌벅적한 노랫소리가 들려왔다. 밤이 깊어지자 크게 싸우는 듯한 소리가 들리더니, 열한 시쯤 유리 깨지는 소리가 들린 뒤 잠잠해졌다. 이튿날 점심때까지 본채에서는 누구 하나 움직이지 않고 조용했다. 그리고 돼지들이 어디에선가 돈을 구해 위스키 한 상자를 더 사들였다는 소문이 나돌았다.

제 10 장

누가 돼지이고, 누가 인간인가

몇 해가 흘렀다. 계절이 여러 번 바뀌는 사이에 수명이 짧은 동물들은 하나둘 세상을 떠났다. 이제는 클로버, 벤저민, 모지스, 그리고 돼지 몇 마리 말고는 반란 이전의 시절을 기억하는 동물은 아무도 없었다.

뮤리얼이 죽었고, 블루벨과 제시와 핀처도 세상을 떠났다. 존스도 마을 한구석에 있는 어느 알코올 중독자 수용소에서 숨을 거두었다고 했다. 스노볼은 모두의 기억에서 사라졌다. 복서 역시 그를 알던 몇몇을 제외하고는 기억하는 이가 없었다.

클로버는 이제 관절이 뻣뻣하게 굳고 눈에 눈곱이 자주 끼는 늙고 뚱뚱한 암말이 되었다. 그녀는 이미 은퇴할 나이가 이 년이나 지났다. 하지만 실제로 동물 농장에서 은퇴한 동물은 단한 마리도 없었다. 은퇴한 동물들을 위해 목초지 한구석을 남겨둔다는 이야기는 오래전에 흐지부지되어 버렸다.

나폴레옹은 몸무게가 백오십 킬로그램이나 나가는 장년의 수퇘지가 되었다. 스퀼러는 너무 살이 쪄서 눈을 제대로 뜨고 앞을 보기가 힘들 정도였다. 오직 벤저민만이 예전과 달라진 게 없었다. 단지 콧잔등의 털이 희끄무레하게 바래고, 복서가 죽은 뒤로 더 무뚝뚝해지고 말이 없어졌을 뿐이었다.

농장에는 애초에 기대했던 것만큼은 아니지만, 그래도 동물들이 꽤 많아졌다. 새로 태어난 동물들에게 반란은 입으로만 전해지는 전설에 지나지 않았다. 다른 농장에서 팔려 온 동물들은 이곳에 오기 전까지 반란에 관한 이야기를 한 번도 들어 본 적이 없다고 했다.

이제 농장에는 클로버 말고도 말이 세 마리나 더 있었다. 그들은 몸이 아주 튼실하고 스스로 나서서 부지런히 일하는 착실한 짐승들이었지만, 머리는 멍청하기 짝이 없었다. 그들 중 누구도 알파벳을 B 이상 외우지 못했다. 그들은 반란에 얽힌 이야기와 동물주의 정신에 대해 듣고서 잘 받아들였다. 특히 부모처럼 따르며 존경하는 클로버가 하는 말이라면 한 치의 의심도 없이 굳게 믿었다. 그러나 그들이 그 내용을 얼마나 이해하고 있는지는 의심스러웠다.

동물 농장은 예전보다 훨씬 더 번창했고, 조직도 더욱 체계적으로 정리되었다. 필킹턴한테서 밭을 두 뙈기나 사들인 덕분에 규모도 커졌다. 드디어 풍차도 성공적으로 완공되었다. 농장은 전용 탈곡기와 건초 운반기를 갖추었으며, 건물도 여러 채 새로 지었다. 휨퍼는 자신이 타고 다닐 이륜마차를 사들였다.

풍차는 결국 전기 발전용으로 이용할 수는 없었다. 그러나 곡물을 빻는 데 사용하기는 좋아서 상당한 이익을 얻었다. 동물들은 또 다른 풍차를 건설하기 위해 열심히 일했다. 그 풍차가 완성되면 이번엔 정말로 발전기를 설치한다는 이야기가 들려왔다.

예전에 스노볼이 동물들에게 이야기했던, 전등과 온수 시설이 갖춰진 축사라든가 일주일에 사흘만 일하는 꿈 같은 생활 따위는 이제 아무도 입 밖에 꺼내지 않았다. 나폴레옹이 그 같은 사고방식은 동물주의 정신에 어긋난다고 비난했기 때문이다. 그는 참된 행복이란 열심히 일하고 검소하게 사는 데 있다고 말했다.

확실히 농장은 예전보다 풍족해진 듯 보였다. 그러나 어쩐 일인지 동물들의 삶은 조금도 나아진 것 같지 않았다. 물론 돼지들이나 개들은 예외였지만 말이다. 아마도 돼지와 개의 수가 크게 늘어난 탓도 있을 것이다.

그들이 일을 하지 않는 것은 아니었다. 그들 나름의 방식대로 하기는 했다. 스퀼러가 귀가 따갑도록 이야기하듯, 농장을 감독하고 조직을 운영하는 일은 아무리 열심히 해도 끝이 없었다. 그런 일들은 다른 동물들은 너무나 무지해서 도저히 이해할 수 없는 종류의 작업이었다.

스퀼러는 돼지들이 날마다 '서류철'이나 '보고서' 또는 '회의록'이나 '비망록'이라고 일컫는 수수께끼처럼 까다로운 작업을 하느라 어마어마한 노력을 기울이고 있다고 설명했다. 그것들은 글씨를 빽빽하게 써 넣은 큼직한 종이 다발이었다. 돼지들은 종이에 글씨를 다 채워 넣으면 그것을 아궁이에 던져 태워 버린다고 했다. 스퀼러는 이것이 농장의 복지를 위해 매우 중요한 일이라고 했다. 돼지들이나 개들이 몸소 일하여 식량을 생산하는 법은 없었다. 그런데 그들의 수는 너무 많을뿐더러 식욕도 언제나 왕성했다.

다른 동물들의 삶은 어떤가 하면, 그들이 알고 있는 한 예전과 크게 달라진 것이 없었다. 항상 배가 고팠고, 초라한 짚북데기 위에서 잠을 잤으며, 웅덩이에서 물을 마시고, 하루 종일 들판에서 일을 했다. 겨울에는 추위로 고생하고, 여름에는 파리의 등쌀에 시달렸다.

이따금 몇몇 나이 든 이들은 어렴풋한 기억을 더듬으며, 존스를 추방하고 난 반란 초기에 지금보다 형편이 더 좋았는지 아니면 더 나빴는지 기억해 보려고 애썼다. 그러나 도무지 생각이 나지 않았다. 지금의 삶과 비교해 볼 수 있는 것이라고는 전혀 없었기 때문이다.

근거로 삼을 자료라고는 스퀼러가 읊어 주는 통계 수치가 전부였다. 그런데 그 통계 수치는 언제나 모든 것이 점차 좋아지고 있다고만 말했다. 동물들에게 이것은 도저히 풀 수 없는 문제였다. 그러나 이렇든 저렇든 간에 지금은 그런 문제를 차분하게 생각하고 있을 만한 틈도 없었다.

다만 벤저민만은 자신이 살아온 긴 생애를 자세히 기억하고 있다고 했다. 그는 지금이 옛날보다 더 좋을 것도 나쁠 것도 없으며, 앞으로도 더 좋아지거나 더 나빠지지 않을 것이라고 단언했다. 그러면서 굶주림과 고난과 좌절이야말로 변치 않는 삶의 법칙이라고 했다.

그래도 동물들은 결코 희망을 버리지 않았다. 오히려 그들은 자신들이 동물 농장의 일원이라는 명예와 특권 의식을 한순간도 잊은 적이 없었다. 그들의 농장은 변함없이 이 마을 안에서, 아니 영국을 통틀어 동물들이 소유하고 운영하는 유일한 농장이었다. 아주 어린 새끼들은 물론 수십 킬로미터나 멀리 떨어진 농장에서 팔려 온 동물들까지도 하나같이 이 같은 사실에 경탄해 마지않았다.

축포 소리가 들려오고, 초록색 깃발이 펄럭이는 것을 볼 때마다 그들의 가슴은 한없는 자부심으로 가득 차올랐다. 그러면 이야기는 언제나 존스를 추방한 후 '일곱 계명'을 만들고 전투에서 인간들에 맞서 용감하게 싸웠던 영웅적인 옛 시절로 돌아가곤 했다.

동물들은 오래전 품었던 꿈 중 어느 것 하나도 포기하지 않았다. 메이저 영감이 예언했던, 영국의 푸른 들판에서 인간의 발자국을 지워 낸 다음 세워질 동물 공화국에 대한 꿈을 여전히 굳게 믿었다. 언젠가는 그날이 찾아올 것이다. 비록 지금 당장은 아니라 하더라도, 어쩌면 지금 살아 있는 동물들의 생전에는 이루어지지 않을지라도. 그래도 그날은 반드시 올 것이다.

동물들은 〈영국의 동물들〉을 여기저기서 몰래몰래 부르는 모양이었다. 마음 놓고 큰 소리로 노래하는 동물은 한 마리도 없었지만, 농장의 모든 동물들이 그 노래를 알고 있는 것만은 틀림없었다.

삶은 여전히 고통스러웠고, 희망이 모두 실현된 것은 아니었다. 그러나 그들은 자신들이 다른 동물들과는 다르다는 사실을 의식하고 있었다. 비록 굶주리고 있기는 해도 포악한 인간들을 먹여 살리느라 그런 것이 아니었다. 고되게 일을 하는 것도 최소한 자신들을 위한 것이었다. 그들 중 누구도 두 다리로 걷지 않았다. 어떤 동물도 다른 동물을 '주인님'이라고 부르지 않았다. 모든 동물은 평등했다.

초여름의 어느 날, 스퀄러가 양들에게 자기를 따라오라고 명령했다. 그는 농장 건너편에 있는, 어린 자작나무가 무성하게 자라고 있는 황무지로 양들을 데리고 갔다. 양들은 스퀼러의 감독 아래 하루 종일 그곳에서 자작나무 잎을 뜯어 먹었다. 저녁때가 되자, 스퀼러는 양들에게 날씨가 따뜻하니 그곳에서 지내라고 지시한 뒤 혼자 본채로 돌아왔다.

그날부터 양들은 꼬박 일주일 동안 그곳에서 생활했다. 그동 안 다른 동물들은 농장에서 양이라고는 한 마리도 보지 못했다. 스퀼러는 날마다 양들과 함께 시간을 보냈다. 그는 양들에게 새 로운 노래를 가르치는 중이었는데, 비밀리에 해야 하는 일이라 고 했다.

양들이 농장으로 돌아온 직후 어느 상쾌한 저녁, 동물들은 여느 때처럼 하루 일을 마치고 축사로 돌아오고 있었다. 그런 데 바로 그때 겁에 질린 듯 히잉히잉 우는 말 울음소리가 안마 당 쪽에서 들려왔다. 동물들은 깜짝 놀라서 얼어붙은 듯 그 자 리에 멈추었다. 그 울음소리는 분명 클로버의 목소리였다. 그 녀가 또다시 울부짖었다. 동물들은 즉시 안마당으로 우르르 달 려갔다. 그 순간, 클로버가 보고 경악했던 광경이 모두의 눈에 도 들어왔다.

돼지 한 마리가 두 발로 서서 걷고 있었다!

그 돼지는 바로 스퀼러였다. 큰 몸집을 두 다리로 지탱하는 것 이 익숙지 않은 듯 어색하게 뒤뚱거렸지만, 용케도 균형을 잡 고서 이리저리 거닐고 있었다. 잠시 뒤 본채 문이 열리더니 돼지들이 길게 줄을 지어 나왔다. 아니나 다를까 모두가 뒷다리로 서서 걷고 있었다. 어떤 돼지들은 유난히 잘 걸었고, 한두 마리는 지팡이를 짚는 것이 좋겠다 싶을 정도로 불안정해 보였다. 하지만 모두가 두 다리로 곧잘 안마당을 걸어 다녔다.

마지막으로 개들이 사납게 짖어 대는 소리와 날카로운 수탉의 울음소리가 들리더니 나폴레옹이 나타났다. 그는 두 다리로 위풍당당하게 걸으면서 이쪽저쪽으로 오만한 시선을 던졌다. 개들이 그의 주위를 껑충껑충 뛰어다녔다.

나폴레옹은 앞발에 채찍을 들고 있었다.

죽음과도 같은 침묵이 흘렀다. 소스라치게 놀란 동물들은 공포에 휩싸인 채 한쪽에 모여 서서, 돼지들이 천천히 안마당을 한 바퀴 돌며 행진하는 모습을 지켜보았다. 마치 세상이 거꾸로 뒤집힌 것만 같았다.

시간이 얼마간 흐르자 충격이 웬만큼 가라앉았다. 동물들은 이번에는 어떠한 일이 있어도, 개들이 아무리 무섭다 하더라도, 또 오랜 세월 동안 어떤 일에도 절대 불평을 늘어놓거나 비판하지 않는 습관에 길들여졌다고 해도 반드시 뭐라고 항의라도 하려고 마음먹었다. 그러나 그 순간, 신호라도 받은 듯 양들이 일제히 엄청난 소리로 외쳐 대기 시작했다.

"네 발은 좋고, 두 발은 '더욱' 좋다! 네 발은 좋고, 두 발은 '더욱' 좋다! 네 발은 좋고, 두 발은 '더욱' 좋다!"

이 소리는 자그마치 오 분 동안이나 계속되었다. 그리고 외침이 잠잠해졌을 무렵에는 항의할 기회도 사라지고 없었다. 돼지들이 이미 본채로 들어가 버렸기 때문이다.

벤저민은 누군가가 자신의 어깨에 코를 비비적거리는 것을 느꼈다. 클로버였다. 그녀의 눈은 전보다 더욱 심하게 흐려져 있었다. 클로버는 아무 말 없이 벤저민의 갈기를 가만히 잡아당기더니, '일곱 계명'이 쓰여 있는 큼직한 헛간으로 그를 데려갔다. 잠시 동안 그들은 흰 글씨가 쓰여 있는 벽을 바라보았다.

"눈이 점점 더 안 보여요."

마침내 클로버가 입을 열었다.

"하긴 젊었을 때도 저 글씨를 제대로 읽을 수 없었지만요. 그런데 말이에요, 내 눈에는 어쩐지 저 벽이 달라진 것처럼 보여요. 벤저민, '일곱 계명'은 예전과 같은가요?"

벤저민은 이번만큼은 자신만의 규칙을 깨기로 마음먹고, 벽에 쓰여 있는 글을 읽어 주었다. 벽에는 이제 오직 하나의 계명만 남아 있었다. 바로 이것이었다.

모든 동물은 평등하다.
그러나 어떤 동물은 다른 동물보다 더 평등하다.

그다음 날부터 작업을 감독하는 돼지들은 모두 앞발에 채찍을 들고 있었다. 그렇지만 별로 이상하게 보이지 않았다. 또 돼지들이 라디오를 사들이거나 전화를 설치하고, 《존 불》, 《팃 비츠》, 〈데일리 미러〉 같은 잡지와 신문을 구독하기로 했다는 소식을 들어도 이상하다고 생각하지 않았다.

담배를 입에 문 나폴레옹이 본채 정원을 거닐고 있는 모습을 봐도 기이하다는 느낌은 들지 않았다. 심지어는 돼지들이 존스의 옷장에서 옷을 꺼내 입었을 때도 이상하지 않았다. 나폴레옹이 검정색 윗도리와 승마복 바지를 입고 가죽 각반을 차고 나타났을 때도, 또 그가 몹시 아끼는 암퇘지가 존스 부인이 일요일마다 입던 물결무늬의 실크 드레스를 입고 나타났을 때조차도 조금도 이상스럽게 여겨지지 않았다.

그로부터 일주일이 지난 어느 날 오후, 이륜마차 여러 대가 농장 안으로 들어왔다. 나폴레옹의 초대를 받은 이웃 농장의 주인들이 농장을 시찰하러 온 것이었다. 일행은 농장을 두루 살피며 보는 것마다 감탄해 마지않았는데, 특히 풍차를 보고는 입에 침이 마르도록 칭찬을 늘어놓았다.

때마침 동물들은 밭에서 잡초를 뽑고 있었다. 그들은 놀라울 정도로 변해 버린 돼지들과 인간 방문객들 중 어느 쪽이 더 무서운 존재인지 알 수가 없어서 그저 땅바닥만 내려다보며 일에 몰두했다.

그날 밤 본채에서는 요란한 웃음소리와 떠나갈 듯한 노랫소리가 흘러나왔다. 돼지와 인간의 목소리가 뒤섞여 들려오자 동물들은 갑자기 호기심을 느꼈다. 처음으로 동물과 인간이 동등한 자격으로 만난 자리인데, 도대체 저 안에서 무슨 일이 벌어지고 있는 것일까? 그들은 일제히 본채 정원으로 살금살금 기어들어갔다.

문 앞까지 다가서자 문득 두려운 생각이 들어 걸음을 멈추었다. 하지만 곧 클로버가 선두로 나서며 안으로 들어갔다. 다른 동물들도 발소리를 죽인 채 조심스레 따라 들어갔다. 키가 큰 동물들이 식당 창문으로 안을 들여다보았다.

길쭉한 식탁 주위로 농장주 여섯 명과 고위층 돼지 여섯 마리가 마주 앉았고, 나폴레옹이 식탁의 상석에 앉아 있었다. 돼지들은 모두 아주 편안하고 자연스러운 모습이었다. 그들은 카드놀이를 하다가 건배를 하기 위해 잠깐 쉬고 있는 듯했다. 큼직한 술병이 한 바퀴 돌았고, 술잔이 맥주로 넘쳐 흘렀다. 동물들이 놀란 얼굴로 창문 안을 들여다보고 있다는 것을 그 누구도 눈치채지 못했다.

폭스우드 농장의 필킹턴이 술잔을 들고 일어서더니, 모두에게 건배를 제의하고 싶다고 말했다. 그러면서 그 전에 소감을 몇 마디 말하고 싶다고 했다.

"여러분, 오랜 시간 동안 쌓여 왔던 의혹과 오해가 이제 말끔히 풀려서 나는 대단히 만족스럽습니다. 이건 나뿐만 아니라 이

자리에 참석한 다른 모든 이들도 마찬가지일 거라고 생각합니다. 지난날 한때는, 물론 나나 이곳에 참석한 사람들은 어느 누구도 그런 생각을 한 적은 없지만요. 아무튼 이 동물 농장의 존경할 만한 소유주들을, 이웃한 인간들이 꼭 적의(敵意)라고 할 수는 없어도 어느 정도 의혹의 눈으로 바라본 적이 있기는 했습니다.

불행한 사건도 일어났고, 심각한 오해가 퍼지기도 했지요. 돼지들이 주인이 되어 경영하는 농장이 존재한다는 것이 어딘가 비정상적으로 느껴지고, 자칫 이웃 농장에 부정적인 영향을 미칠지도 모른다고 생각한 이들이 있었습니다. 많은 농장주들이 정확히 알아보지도 않고, 이런 농장에는 아마도 방종과 무질서가 널리 퍼져 있을 것이라고 처음부터 단정해 버린 게 사실이에요. 그들은 자기들이 부리고 있는 동물들이나 일꾼들에게 좋지 않은 영향이 미칠까 봐 불안했던 겁니다.

그러나 이제 그런 의혹들은 말끔히 사라졌습니다. 오늘 우리 일행은 이 농장 구석구석을 직접 자세히 살펴보았지요. 우리가 이 농장에서 본 것이 과연 무엇입니까? 가장 현대적인 영농법뿐만 아니라, 이 세상 모든 농장주들에게 모범이 될 만한 규율과 정연한 질서를 발견한 것입니다.

또 이 농장의 하층 동물들은 이 지역의 다른 어떤 동물들보다도 일은 더 많이 하면서 식량은 적게 먹는 효율성을 발휘하고 있더군요. 나도 그렇지만, 오늘 이곳을 방문한 이들은 이곳에서 발견한 새롭고 효율적인 방법들을 즉시 각자의 농장에도 도입하고 싶다고 생각했을 겁니다.

마지막으로 동물 농장과 그 이웃들 사이에 지금 갖고 있고, 또 앞으로 꾸준히 유지해야 할 우호적인 감정을 다시 한 번 강조하면서 인사를 마칠까 합니다. 돼지와 인간 사이에 지금까지 어떤 형태로든 이해관계가 충돌한 적은 한 번도 없었고, 또 그럴 필요도 전혀 없습니다. 사실 우리의 투쟁과 우리에게 닥친 어려움은 매한가지이지요. 노동 문제란 어디를 가나 똑같지 않습니까?"

이 대목에서 필킹턴은 자신이 미리 신경 써서 준비한 재담을 꺼내려고 했다. 그런데 그 말을 할 생각을 하자 웃음이 먼저 터져 나오려 하였다. 그는 웃음을 참느라 여러 겹으로 접힌 턱이 빨개지도록 숨을 멈추었다가 가까스로 입을 열었다.

"동물 농장 주인 여러분, 여러분에게 상대해서 싸워야 할 하층 동물이 있다면, 우리에게는 상대해서 싸워야 할 하층 계급이란 게 있습니다!"

이 '재치 있는 말'에 좌중은 온 집 안이 떠나가라 웃어 댔다. 필킹턴은 적은 식량 배급과 긴 노동 시간, 그리고 방종이 없는 분위기 등 동물 농장에서 자신이 목격한 것들에 대해 다시 한 번 돼지들에게 찬사를 보냈다. 그러고는 모두에게 자리에서 일어나 술잔을 가득 채우라고 말했다.

"신사 여러분! 신사 여러분, 건배합시다. 동물 농장의 발전을 위하여!"

그러자 열광적인 박수 소리와 발을 구르는 소리가 들렸다. 나폴레옹은 몹시 만족한 나머지, 자리에서 일어나 식탁을 한 바퀴 빙 돌아 필킹턴 쪽으로 와서는 술잔을 부딪친 후 잔을 비웠다. 박수 소리가 가라앉자, 줄곧 두 다리로 서 있던 나폴레옹은 자기도 몇 마디 하고 싶다고 말했다.

언제나 그렇듯 나폴레옹의 연설은 짤막하면서도 요령이 있었다. 그는 이렇게 말했다.

"나 역시 오해의 시대가 끝났다는 사실을 무척이나 기쁘게 생각합니다. 나와 우리 동료들의 세계관이 뭔가 파괴적이고, 심지어는 혁명적인 데가 있다는 소문이 오랫동안 퍼져 있었지요. 이건 악의를 품은 어떤 적이 퍼뜨렸다고 생각할 만한 충분한 근거가 있습니다만.

아무튼 우리가 이웃 농장의 동물들을 선동해 반란을 부추긴다고 오해를 받았는데, 이는 사실과 전혀 다릅니다! 우리의 유일한 소원은 예나 지금이나 이웃들과 평화롭고 정상적인 사업 관계를 유지하며 살아가는 것밖에 없습니다.

덧붙여 말하고 싶은 것은, 영광스럽게도 내가 관리를 맡고 있는 이 농장이야말로 협동 기업이라는 사실입니다. 부동산 권리 증서는 내가 보관하고 있지만, 소유권은 돼지들이 공동으로 갖고 있지요.

나는 결코 옛날의 의혹이 아직도 남아 있다고는 생각하지 않습니다. 하지만 최근에 농장의 일상에 관한 규정 중 일부를 바꿨는데, 이 조치는 우리의 신뢰 관계를 더욱 강화시키는 효과가 있을 겁니다.

지금까지 우리 농장의 동물들은 서로를 '동무'라고 부르는, 조금은 어리석은 관습을 지켜 왔지요. 그러나 앞으로는 이것을 금할 것입니다. 또 언제부터 시작되었는지 그 기원은 분명치 않지만, 일요일 아침마다 마당의 말뚝에 걸려 있는 수퇘지의 해골 앞을 행진하는 참으로 기묘한 관습도 있었습니다. 이 또한 금지할 것입니다. 해골은 벌써 땅속에 묻어 버렸어요.

여러분은 농장에 들어섰을 때 게양대 꼭대기에서 펄럭이는 초록색 깃발을 보았을 겁니다. 그러면 예전에 흰색으로 그려져 있던 발굽과 뿔이 사라진 것도 알아차렸을 테지요. 이제부터는 아무 그림도 없는 초록색 깃발이 펄럭일 것입니다.

앞서 필킹턴 씨가 참으로 훌륭하고도 우정 어린 연설을 했는데, 그중 이의를 제기하고 싶은 내용이 하나 있습니다. 필킹턴 씨는 연설 내내 우리 농장을 '동물 농장'이라고 표현했지요. 물론 필킹턴 씨는 아마 이 사실을 몰랐을 겁니다. 왜냐하면 지금 내가 이 자리에서 처음으로 발표하는 것이니까요. '동물 농장'이라는 이름은 폐지되었습니다. 앞으로는 이 농장을 '장원 농장'이라고 부를 것입니다. 그 이름이야말로 본래 이 농장에 가장 합당한 이름이라고 믿어 의심치 않습니다.

신사 여러분! 아까 필킹턴 씨처럼 나도 건배를 청합니다. 하지만 다른 말로 하겠습니다. 자, 술잔을 가득 채우십시오. 신사 여러분, 장원 농장의 발전을 위하여!"

그러자 아까처럼 열렬한 박수갈채가 터져 나왔다. 모두들 한 방울도 남기지 않고 술잔을 말끔히 비웠다.

밖에서 이 광경을 지켜보던 동물들은 어쩐지 이상한 일이 일어나고 있다고 느꼈다. 돼지들의 얼굴이 뭔가 변한 것 같은데, 대체 뭐가 변한 걸까?

클로버의 침침한 눈동자가 돼지들의 이 얼굴 저 얼굴로 바쁘게 옮겨 다녔다. 어떤 돼지는 턱이 다섯 겹으로 접혀 있었고, 어떤 돼지는 네 겹, 또 어떤 돼지는 세 겹이었다. 그런데 점점 돼지들의 얼굴이 녹아 내리고 어딘가 변한 것처럼 보이는데, 이건 대체 무엇일까? 그러는 동안 박수 소리가 잦아들었다. 돼지들과 인간들은 카드를 집어 들고, 중단했던 카드놀이를 다시 시작했다. 동물들은 조용히 정원을 빠져나왔다.

그러나 동물들은 채 이십 미터도 못 가서 갑자기 걸음을 멈추었다. 본채에서 요란한 고함 소리가 들려왔던 것이다. 동물들은 재빨리 되돌아가 창문으로 안을 들여다보았다. 아니나 다를까 격렬한 싸움이 벌어지고 있었다. 서로를 향해 소리를 지르고, 식탁을 탕탕 내리치고, 의혹에 찬 눈초리로 노려보며 상대가 하는 말을 맹렬하게 부정하고 있었다. 싸움의 원인은 나폴레옹과 필킹턴이 동시에 스페이드 에이스를 내놓았기 때문인 듯했다.

열두 개의 목소리가 분노에 찬 고함을 지르고 있었는데, 모두가 하나같이 비슷했다. 돼지들의 얼굴에 어떤 변화가 일어났는지 이제 분명히 알 수 있었다. 창밖에서 지켜보던 동물들은 돼지를 쳐다보다가 인간을 쳐다보았고, 다시 인간을 쳐다보다가 돼지에게로 눈길을 옮겼다. 그러나 이미 누가 돼지이고, 누가 인간인지 도저히 구별할 수가 없었다.

절대 권력을
경계한
진정한 사회주의자

전종옥 _ 서울 마곡중학교 국어 교사

우화, 단순하고 명쾌하게 인간을 풍자하다

　이솝 우화 〈토끼와 거북이〉를 두고 토끼와 거북이가 서로 말이 통했는지, 아니면 실제로 경주를 시켜 보고 쓴 이야기인지 따지는 경우는 별로 없다. 그 대신 즉각적으로 '꾸준히 노력하는 자가 성공한다.' 혹은 '제아무리 뛰어난 능력을 갖고 있어도 실력만 믿고 노력하지 않으면 아무 소용이 없다.' 같은 교훈을 떠올린다. (이 이야기에 관해 다양한 해석과 관점이 있지만, 여기서는 논외로 하자.) 주인공으로 내세운 동물에 빗대어 인간 세상의 다양한 모습을 드러내고자 한다는 것을 알기 때문이다.

　'우화'는 인간 이외의 동물이나 식물에 사람다움을 부여하여 그들이 빚는 이야기 속에 도덕적인 교훈을 담은 이야기를 말한다. 사람이 주인공인 이야기들은 아무래도 그 인물의 성격과 배경에 관해 설득력 있는 정보를 언급해 주어서, 그가 왜 그럴 수밖에 없는지를 이해시켜야 한다. 또 갈등 관계도 충분히 있을 만한, 공감이 가는 내용이어야 한다. 그러다 보면 이야기는 점차 방대해지고, 주제를 간단 명료하게 드러내기도 만만찮아진다.

토끼와 거북이의 경주 장면. 미국의 대표적인 동화 일러스트레이터 밀로 윈터가 그렸다.

　우화에서, 토끼는 꾀가 많지만 게으르고, 거북이는 행동이 느리지만 부지런하며, 사자는 사납지만 어리석다는 식으로 전형적인 성격을 부여하여 이야기 구조를 단순하게 만든다. 짜임이 단순하다 보니 짧은 내용으로도 주제를 뚜렷이 나낼 수 있어서, 특히 어린이들을 대상으로

한 이야기에 우화 형식이 많이 쓰인다.

이렇듯 우화는 동물의 가면을 쓴 전형적인 인물로 인간의 본성과 행동 방식을 드러내고, 반어법 등을 통해 인간성의 결함이나 부조리를 풍자하는 성격이 뚜렷하다. 어느 누구를 콕 집어서 표현하는 것이 아니기 때문에 비웃고 싶은 사람이나 상황 등을 은근하게 우회적으로 비틀어 꼬집을 수 있다.

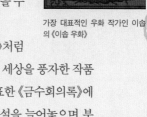

가장 대표적인 우화 작가인 이솝의 《이솝 우화》

우리 고전 소설 중에도 《토끼전》, 《장끼전》처럼 토끼, 자라, 꿩 등을 주인공으로 내세워 인간 세상을 풍자한 작품이 제법 많다. 특히 1908년에 안국선이 발표한 《금수회의록》에는 여러 동물들이 차례로 등장하여 일장 연설을 늘어놓으며 부패한 인간들의 모습을 폭로하고 비판한다.

조지 오웰이 1945년에 발표한 《동물 농장》도 동물들을 등장시켜 인간의 모습을 풍자적으로 비판한 우화 소설이다. 그런데 대부분의 우화들이 일반적인 인간의 속성을 드러내는 데 초점을 맞추고 있는 반면에, 이 작품은 우화의 형식을 차용하기는 했어도 겨냥하고 있는 사회와 인물이 매우 분명하고 구체적이어서 단순히 우화로만 볼 수는 없다.

《동물 농장》은 인간에게 학대받고 착취당하던 동물들이 인간을 내쫓고 '동물 농장'을 세워 스스로 농장을 경영한다는 큰 줄거리 아래 독재와 전체주의의 문제점을 짚어 내는 작품이다. 하지만 출간 당시의 사회적 상황과 동물이 주인공이라는 점이 맞물려 오랫동안 본래의 의미대로 읽히거나 올바른 평가를 받지 못하였다. 그런데 오웰은 《동물 농장》을 통해 무엇을 말하고 싶었던 것일까?

동물들, 스스로 농장을 경영하다

장원 농장에서 학대를 받으며 살아가던 동물들은 어느 날 밤, 수퇘지 메이저 영감의 꿈 이야기를 들으며 인간이 없는 자유로운 세상을 꿈꾼다. 반란의 그날은 예상치 못하게 갑자기 찾아온다. 계속되는 굶주림에 분노한 동물들이 농장주인 존스 부부와 일꾼들을 내쫓은 것이다. 동물들은 농장의 이름을 '동물 농장'으로 바꾸고, 스스로 농장을 꾸려 나간다.

비교적 지능이 발달한 돼지 나폴레옹과 스노볼의 지도 아래 동물들은 모두가 평등한 동물 공화국을 만들기 위해서 열심히 일한다. 일요일마다 모두 한자리에 모여 회의를 열고, 글을 배워 동물주의의 원칙이 담긴 '일곱 계명'과 '네 발은 좋고, 두 발은 나쁘다.'라는 구호를 만든다. 모든 동물들이 주인 의식을 갖고 농장의 운영에 참여한다. 그야말로 모두가 평등한 이상적 사회이다.

그런데 나폴레옹과 스노볼이 농장의 운영 방식을 놓고 사사건건 대립하면서 점차 갈등이 고조된다. 특히 풍차 건설을 둘러싸고 갈등은 극에 달한다. 풍차를 건설할지 말지를 두고 투표를 하는 날, 동물들의 지지를 한 몸에 받던 스노볼은 나폴레옹과 그를 호위하는 사나운 개 아홉 마리에게 쫓겨 농장에서 도망친다. 나폴레옹은 간교한 스퀼러를 대변자로 내세워 스노볼이 배신자였다는 거짓 정보를 흘리고, 개들을 앞세워 공포 분위기를 조성한다.

나폴레옹은 농장 운영 방침도 바꾸어 버린다. 동물들의 의견을

1945년 영국에서 출간된 《동물 농장》 초판본 　1946년 미국에서 출간된 《동물 농장》 초판본

모으던 회의를 폐지하고, 모든 일
은 나폴레옹과 그의 측근들이 마
음대로 결정하여 동물들에게 통보
한다. '풍차 건설을 위해서'라는 명
분으로 노동의 강도는 점점 심해
지지만, 어찌 된 일인지 배급량은
점차 줄어든다.

양들이 시도 때도 없이 외치는 구호는 동물들이 자신들의
문제에 대해 깊이 생각하고 행동하는 것을 방해한다.

　생활에 필요한 물자를 얻기 위해
어쩔 수 없이 인간과 거래를 하게 된 이후, 점차 인간과 접촉할
일도 많아진다. 이러한 상황에 동물들이 불만을 터뜨리려고 할
때마다 스퀼러는 존스가 다시 쳐들어올 것이라고 위협한다. 불
평하거나 항의하는 동물들은 스노볼의 첩자로 몰아 벌하거나 죽
여 본보기로 삼는다.

　풍차가 절반쯤 완성되었을 무렵, 어느 날 한밤중에 불어닥친
거센 바람에 풍차는 순식간에 무너지고 만다. 이어 두 번째로 풍
차를 다시 세우지만, 이웃 농장의 프레더릭 일당이 농장에 쳐들
어와 폭파시키는 바람에 또다시 무너진다.

　그러나 동물들은 쉽사리 좌절하지 않는다. 자신들이 동물 농
장의 주인이라는 자부심이 있기 때문이다. 우직하고 성실한 말
복서는 힘겨운 순간마다 동물들에게 귀감이 된다. 복서는 "내가
좀 더 일하면 돼."와 "나폴레옹 동무는 언제나 옳다."라는 좌우명
으로 모든 고난을 극복해 낸다. 그러나 그도 결국엔 과로로 쓰러
진 뒤, 말 도축업자에게 팔려 간다.

　수년 후, 풍차는 다시 세워지고 생산성도 크게 향상되어 농장은
날로 번창한다. 그러나 돼지를 제외한 다른 동물들의 생활은 조금
도 나아지지 않는다. 반란 초기에 만든 일곱 계명도 어느 틈엔가

《동물 농장》을 영화와 음악으로 만나 보자

《동물 농장》은 영화로 두 번 제작되었다. 첫 번째 영화는 1954년에 조이 배첼러 감독이 만든 애니메이션이고, 다른 하나는 1999년에 존 스텝슨 감독이 만든 실사 영화이다. 두 작품 모두 비교적 원작에 충실하여 전개되나 결말 부분은 사뭇 다르다.

1954년에 제작된 애니메이션 〈동물 농장〉   1999년에 제작된 영화 〈애니멀 팜〉

1954년 작품의 결말에서는 돼지들이 집 안에서 술잔을 부딪치며 연회를 즐기는 모습을 지켜보던 벤저민이 더 이상 참지 못하고 동물들을 독려해 돼지들을 공격하고, 새로운 혁명을 이끌어 낸다는 것을 암시하며 끝이 난다.

1999년 작품은 우리나라에서 〈애니멀 팜〉이라는 제목으로 개봉되었다. 이 작품 역시 결말은 원작과 다르다. 나폴레옹이 농장의 모든 동물들에게 전격적으로 자유를 선언하는 낙관적인 결말을 보여 주는데, 이것은 아마도 1991년 소비에트 연방의 붕괴를 염두에 두고 만들어 낸 결말인 듯하다.

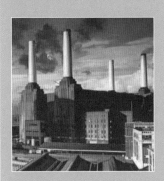

핑크 플로이드가 1977년 발표한 앨범 〈동물들〉. 앨범 커버에 그려진, 발전소의 거대한 굴뚝 사이에 떠 있는 분홍빛의 '거대한 돼지'는 이후 이 밴드의 상징물 중 하나가 되었다.

《동물 농장》은 음악가들에게도 많은 영향을 주었다. 특히 록 그룹 핑크 플로이드는 1977년에 《동물 농장》에서 영감을 받은 앨범 〈동물들〉을 발표한다. 이 앨범은 전 곡의 가사가 소설에서 모티브를 따온 복잡한 내용을 담고 있는데, 각 곡의 테마이자 제목인 개, 돼지, 양은 현대 자본주의 사회의 각 계층을 상징한다. 또 영국의 유명 가수이자 〈빌리 엘리어트〉, 〈아이다〉 같은 대형 뮤지컬을 제작한 엘튼 존이 《동물 농장》을 뮤지컬로 제작하고 있다 하니, 조만간 뮤지컬 〈동물 농장〉도 만날 수 있으리라.

하나하나 수정되고, '네 발은 좋고, 두 발은 나쁘다.'라는 구호는 '네 발은 좋고, 두 발은 더욱 좋다.'로 바뀐다.

어느 날, 일을 마치고 농장으로 돌아온 동물들은 두 발로 서서 걷는 돼지들을 보고 경악한다. 이후 돼지들이 인간처럼 걷고, 옷을 입고, 잡지와 신문을 보고, 채찍을 든 모습을 봐도 전혀 이상하게 느껴지지 않는다.

돼지들은 이웃의 농장주들을 농장으로 초대하여 밤새도록 연회를 베푼다. 웃고 떠들며 술잔을 부딪치다가 사소한 일로 한바탕 싸움을 벌이는 그들의 모습에서 누가 돼지이고, 누가 인간인지 식별하는 것조차 쉽지 않다.

모든 동물은 평등하다?
어떤 동물은 더 평등하다!

반란을 일으켜 인간들을 몰아낸 뒤, 돼지들이 농장의 운영을 맡는다. 돼지들은 먼저 동물주의 정신이 담긴 '일곱 계명'을 내세워 동물들을 하나로 단결시킨다. 인간들의 지배와 착취에서 벗어난 동물들은 자발적으로 더 열심히 일하며, 한껏 기대에 부푼다.

동물들은 저마다 자신의 능력에 따라 일했다. ……아무도 먹이를 훔치지 않았고, 어느 누구도 배급량이 적다고 불평하지 않았다. 예전에는 흔히 볼 수 있던 싸움질이나 물어뜯기도 없었고, 질투하는 모습도 자취를 감추어 버리다시피 했다. 꾀를 부리며 일을 피하는 동물도 없었다.

자신들에게 훈장을 수여하는 돼지들

동물들은 자신들이 농장의 주인이라는 생각 아래 점점 더 강하게 삶을 옥죄는 고난과 역경들을 참아 낸다. 게다가 그들 곁에는 뛰어난 언변으로 동물들을 쥐락펴락하는 스퀼러와 무시무시한 이빨을 번뜩이는 개들이 있어서, 불만이 있어도 만족으로 교묘히 뒤바뀌거나 속으로 삭일 수밖에 없다.

글을 배우고, 전투에서는 죽을힘을 다해 인간들을 무찌르며, 무너진 풍차를 몇 번이고 다시 세워 올린다. 그러나 이러한 노력에도 불구하고 동물들의 삶은 조금도 나아지지 않는다. 완벽한 동물 공화국을 위해 모두가 지켜야 했던 일곱 계명은 점차 지배하는 동물과 지배받는 동물들이 명확하게 나뉘면서 돼지들을 위한 것으로 하나둘 고쳐진다.

'두 발로 걷는 자는 모두 적이다.'라는 첫 번째 계명과 '네 발로 걷거나 날개가 있는 자는 모두 친구이다.'라는 두 번째 계명이 바뀌는 과정을 살펴보자. 이 두 계명은 동물들에게 누가 친구이고, 누가 적인지를 명확히 알려 주고자 만든 내용이다. 두 발로 걷는 자는 말할 것도 없이 동물들을 착취하던 인간이다.

그러나 이 계명은 '농장에 필요한 물품을 얻기 위해서'라는 이유로 돼지들이 인간과 거래를 시작하면서 그 의미를 잃는다. 거래가 점차 활발해져도 여전히 인간은 동물들에게 증오스런 적일 뿐이다. 하지만 나중에 돼지들이 두 발로 걷는 것을 목격한 후에는 인간을 두려워해야 하는지, 아니면 돼지들을 두려워해야 하는지 혼란스러워 한다.

그렇다면 동물들은 과연 누구를 적으로 삼아 자신들을 추스르

왜 하필 이름을 '장원 농장'이라 했을까?

'장원(manor)'은 유럽의 중세 봉건 사회에서 귀족의 소유지나 영주의 토지 소유 형태를 말하는 농촌 사회 조직이다. 장원은 시장 경제의 요소가 약하고 자급자족적 농업 경제의 요소가 강했던 8~12세기경까지 거의 전 유럽에 퍼져 있었다.

장원의 중심에 영주관이 있고, 거기에는 영주 자신이나 관리인이 살고 있으며, 하인과 직인(職人)의 오두막집, 창고, 작업장 등이 딸려 있었다. 농민(농노)의 가옥은 보통 촌락을 이루고 있으

뒤쪽에 영주의 저택이 보이고, 앞쪽에는 교회와 목사관, 대장간, 방앗간, 그리고 작은 채마밭이 딸린 오두막집 등이 자리 잡고 있다.

며, 각각 조그마한 채마밭을 가지고 있었다. 《동물 농장》에서 농장이 본채와 일반 동물들이 살던 축사(마구간, 외양간, 우리 등), 헛간, 곳간, 목초지, 여러 종류의 밭으로 구성된 것과 그 구조가 비슷하다.

오웰은 왜 동물 농장의 본래 이름을 굳이 '장원 농장'이라고 했을까? 농장의 주인인 존스는 1917년 2월 혁명으로 왕위에서 쫓겨난 제정 러시아의 마지막 황제 니콜라이 2세를 가리킨다. 혁명 이전까지 러시아는 사회 제도뿐만 아니라 경제적으로도 후진적인 봉건 사회에서 벗어나지 못했다. 오웰은 장원 농장이라는 이름에 제정 러시아의 현실을 상징적으로 담아내고 싶었던 것이다.

고 농장을 방어해야 하는가? 이를 위해 나폴레옹은 정적이었던 스노볼을 쫓아낸 후, 그가 인간들과 내통해 왔다고 모함한다. 그러고는 자신의 말을 안 듣거나 불만을 제기한 동물들에게 스노볼과 내통했다는 죄를 덮어씌워 처형한다. 친구와 적을 가르는 기준이 '네 발이냐, 두 발이냐'가 아니라, '돼지들의 말을 잘 듣느냐, 아니냐'가 된 것이다.

세 번째 계명인 '어떤 동물도 옷을 입어서는 안 된다.'와 네 번째 계명 '어떤 동물도 침대에서 잠을 자서는 안 된다.' 다섯 번째 계명 '어떤 동물도 술을 마셔서는 안 된다.'도 동물들이 모르는 사이에 바뀌어 버린다. 이 계명들은 동물들이 죄의 근원인 인간을 흉내 내서는 안 된다는 것을 강조하는 것이다. 사실 옷과 침대, 더욱이 술은 동물에게 아무런 필요가 없다. 돼지들이 존스가 살던 농장 본채에 들어가 살면서 사용하기 시작했을 뿐이다.

스퀼러는 농장의 두뇌 역할을 하는 돼지들이 일을 하려면 조용한 장소가 절대적으로 필요하며, 지도자의 권위를 세우기 위해서라도 나폴레옹은 농장 본채에서 사는 것이 격에 맞다고 선전한다. 돼지들이 침대에서 잠을 잔다는 소문을 듣고 동물들이 웅성거리자 그는 이렇게 답한다.

"침대는 그저 잠을 자는 곳일 뿐입니다. 엄밀히 따지자면 외양간에 짚을 깔아 놓은 것도 침대라고 할 수 있지요. ……그렇지만 요즘 우리가 하는 정신노동을 생각한다면, 그 정도의 편안함도 충분치는 않아요. 동무들, 설마하니 우리한테서 휴식마저 빼앗으려는 겁니까? 너무 피곤해서 우리의 의무를 제대로 수행하지 못하기를 바라는 건 아니겠지요? 혹시 존스가 돌아오기를 바라는 이가 있는 건 아닐 테지요?"

말도 안 되는 논리지만, 공포 분위기를 조성하는 것은 설득에 효과 만점이다. 그렇게 하니 계명을 '어떤 동물도 시트를 깐 침대에서 잠을 자서는 안 된다.'로 살짝 뒤바꾸는 것만으로도 충분하다. 술맛을 알고 난 뒤에는 은퇴지로 마련해 놓은 방목장에 보리를 심은 후 '어떤 동물도 술을 너무 많이 마셔서는 안 된다.'라고 계명을 바꾼다. 즉 술을 마셔도 된다는 이야기이다.

동물 농장은 일곱 번째 계명인 '모든 동물은 평등하다.'를 통해 모두가 평등한 곳임을 천명한다. 모두가 평등하므로 어느 누구도 다른 동물을 마음대로 죽일 권리가 없다. 그러나 인간의 자리를 차지하여 호의호식을 누리는 돼지들로서는 자신들에게 고분고분하지 않는 동물들을 어떻게든 처리해야 할 필요가 있었다.

그래서 '어떤 동물도 이유 없이 다른 동물을 죽여서는 안 된다.'는 새로운 계명이 등장한다. 이유만 정당하다면 얼마든지 죽일 수 있는 것이다. 물론 그 이유는 스퀼러를 동원하거나 개들을 포진시켜 마음대로 만들어 낼 수 있다.

이러한 모든 과정을 거쳐 일곱 번째 계명은 결국 '모든 동물은 평등하다. 그러나 어떤 동물은 다른 동물보다 더 평등하다.'로 바뀐다. 여기서 '어떤 동물'이란 나폴레옹과 스퀼러를 포함한 돼지 집단만을 말하는 것임은 두말할 필요도 없다.

반란 초기 시절, 스노볼은 무지한 동물들도 일곱 계명의 원리를 쉽게 이해하도록 '네 발은 좋고, 두 발은 나쁘다.'라는 구호로 요약했다. 그러나 이것마저도 '네 발은 좋고, 두 발은 더욱 좋다.'로 바뀐다. 결국 동물 농장은 지배자만 인간에서 돼지들로 바뀌었을 뿐, 장원 농장 시절과 다를 바가 없다. 이상적인 사회를 꿈꾸며 봉기했던 반란의 본질은 완전히 타락해 버렸고, 정책마다 위협과 그럴싸한 명분만이 동원될 뿐이었다.

'어떤 동물은 다른 동물보다 더 평등하다.'라는 계명이 쓰인 벽 앞으로 돼지들이 두 발로 걸어가고 있다.

'소비에트 연방'의 다른 이름, '동물 농장'

《동물 농장》은 동물들이 스스로 꾸려 가는 농장에서 벌어지는 이야기를 하고 있지만, 그 안에 담긴 본질적인 배경은 혁명을 통해 세계의 역사에 처음으로 등장한 소비에트 연방(1917년부터 1991년까지 존속했던 세계 최초이자 최대의 사회주의 국가)이다. 그래서 작품의 주요 인물과 사건들이 러시아 혁명 무렵부터 스탈린이 집권하던 소비에트 연방의 정치 상황과 밀접하게 연관되어 있다.

러시아 혁명(1917)은 칼 마르크스가 확립한 공산주의를 근본이념으로 레닌의 주도하에 일어난 세계 최초의 사회주의 혁명이었다. 레닌은 혁명이 성공하고 칠 년 뒤인 1924년에 세상을 떠나고, 소비에트 연방은 실질적으로 스탈린과 트로츠키가 이끌어 가게 되었다. 그러나 두 사람은 소비에트 연방을 자본주의 국가로부터 지켜 내고 발전시키는 방식에 있어서 커다란 차이를 보였다.

스탈린은 지구상에 단 하나뿐인 소비에트 연방의 보존과 발전을 위해서는 다른 곳에 눈을 돌리지 말고, 그 자체로 튼튼한 사회주의 국가를 만드는 데 온 힘을 쏟아야 한다고 주장했다. 이미 세계 각국의 혁명 운동이 고양되어 있으므로, 한 나라 내에서의 노동자 계급만으로도 사회주의 승리가 가능하다는 이론이다. 이른바 '일국 사

러시아 혁명 당시 수많은 군중 앞에서 연설하는 레닌 (1870~1924)의 모습

세계 최초로 사회주의 국가를 탄생케 한 러시아 혁명

러시아 혁명은 흔히 '볼셰비키(레닌을 지지한 다수파, 혁명파를 말한다. 러시아 혁명 이후 '러시아 공산당'으로 바뀌었다.) 혁명'이라고도 하며, 1917년 10월 노동자, 농민, 군인 등이 중심이 되어 일으킨 세계 최초의 사회주의 혁명이다. 넓은 의미로는 1905년의 제1차 러시아 혁명과 1917년의 2월 혁명을 포함하는 러시아의 사회 변혁 혁명을 말한다.

차르 니콜라이 2세가 다스리던 러시아는 다른 유럽 국가들에 비해 산업화가 크게 뒤떨어진 데다가, 황제의 거듭된 실정과 러·일 전쟁의 패배 등으로 국민들의 생활이 몹시 궁핍하였다. 여기에 제1차 세계 대전까지 참전하여 독일의 위협을 받자, 평화와 안정을 요구하는 국민들의 불만은 점점 높아졌다.

마침내 1917년 2월 혁명이 일어나 온건파인 멘셰비키가 장악한 임시 정부가 구성되었다. 그러나 파격적인 개혁안에도 불구하고 불안은 사라지지 않았다. 이에 사회주의 사상으로 무장한 레닌, 스탈린, 트로츠키 등은 '자본주의의 타도 없이 종전은 불가능하다'고 생각하고, '임시 정부 타도', '모든 권력은 소비에트로'라는 구호를 내걸고 무장 투쟁을 일으켜 사회주의 혁명에 성공한다. 이렇게 세워진 나라가 '소비에트 사회주의 공화국 연방(USSR, Union of Soviet Socialist Republics)'이었다.

소비에트 연방은 수도를 페트로그라드에서 모스크바로 옮기고 러시아 공산당을 창설하였으며, 독일과 강화 조약을 맺어 전쟁을 중단하였다. 그리고 급격한 공산화에 따른 경제적 혼란을 극복하기 위해 '신경제 정책'을 실시하여 사회주의의 기틀을 다지고자 하였다.

러시아 혁명은 역사상 최초의 사회주의 국가가 출현했다는 점에서 세계사적인 사건이었다. 러시아 혁명이 성공하자, 유럽을 비롯한 자본주의 국가들은 체제에 가장 커다란 위협인 계급 갈등이 언제라도 폭발할 수 있다는 것을 깨달았다. 그래서 앞을 다투어 약자와 피지배 계층에 대한 복지 정책을 실시하고, 자본주의의 한계와 문제점을 극복하고자 노력하였다.

러시아의 마지막 황제인
니콜라이 2세(1868~1918)

러시아 혁명 기념 포스터.
'만국의 노동자여, 단결하라!'

러시아 혁명 당시 진군하는 군중들의 모습

회주의론'이다.

한편 트로츠키는 하나의 사회주의 국가만으로는 외부의 공격과 파괴를 막아 낼 수 없을 것이니, 혁명을 세계 곳곳에 퍼뜨려 수많은 사회주의 국가를 만드는 일에 힘을 쏟아야 한다고 주장했다. 이것이 바로 '영구 혁명론'이다. 이렇게 새로운 국가를 운영해 나가는 철학과 관점이 달랐던 두 사람은 결국 충돌할 수밖에 없었다. 그 과정에서 스탈린이 권력을 장악하였고, 트로츠키는 추방을 당하여 각국을 떠돌다가 멕시코에서 암살을 당하고 말았다.

이러한 역사적 흐름을 《동물 농장》에 대입시켜 보면, 존스가 운영하던 장원 농장은 혁명 이전의 러시아, 즉 '차르'라는 황제가 다스리던 제정 러시아를 말하는 것이다. 그리고 동물들이 반란을 일으킨 후의 동물 농장은 '소비에트 연방'이라는 이름으로 새로 탄생한 러시아를 일컫는다.

이오시프 스탈린(1879~1953). '스탈린'이라는 이름은 '강철'을 뜻한다. 제2차 세계 대전 당시에는 미국, 영국 등과 공동 전선을 구축했으나 종전 이후 냉전의 중심인물이 되었다.

레온 트로츠키(1879~1940). 소비에트 연방의 초대 외무부 장관을 맡았으며, 붉은 군대(적군)를 창설했다.

스노볼 vs 나폴레옹 = 트로츠키 vs 스탈린

작품의 배경에 대한 이해를 바탕으로 주요 동물들과 사건을 조금 더 자세히 들여다보자. 가장 중심에 놓인 나폴레옹과 스노볼은 동물 농장을 경영하고 다른 동물들을 이끄는 돼지들이다.

둘은 존스를 몰아낼 때에는 힘을 합쳤지만, 몰아내고 난 다음에는 서로 더 큰 권력을 차지하려고 세력을 모은다.

소비에트 연방의 역사로 보면 나폴레옹은 스탈린을, 스노볼은 트로츠키를 가리킨다고 할 수 있다. 농장 방위 문제를 놓고 나폴레옹은 동물 농장을 지키는 것이 중요하다고 생각한 반면, 스노볼은 다른 농장에서도 반란을 일으키도록 선동해야 한다고 생각한다. 스탈린의 '일국 사회주의론'과 트로츠키의 '영구 혁명론'에 대응되는 대목이다.

그렇다면 스퀼러와 사냥개는 누구를 말하는가? 스퀼러는 나폴레옹의 정책을 보기 좋게 포장하여 동물들에게 알리고, '나폴레옹은 언제나 옳다.'라는 생각을 주입시킨다. 여기에 이의를 제기하는 동물들에게는 개들이 사나운 이빨을 드러내며 따라붙는다. 즉, 스퀼러와 개들은 나폴레옹의 독재 권력을 유지시키는 가장 강력한 무기인 셈이다.

스탈린의 지배 방식도 이와 다름이 없었다. 그는 공산당 기관지인 〈프라우다〉를 이용하여 정책을 홍보하고, 여론을 유리하게 조작했다. 또 인민을 탄압하고 감시하기 위해서는 '내무인민위원부'라는 비밀 경찰을 내세웠다. 이 기관이 이후 냉전 시기에 그 악명 높은 KGB(국가안보위원회)로 변모하였다.

그 밖의 다른 인물들은 다음과 같이 연결될 수 있다.

'프라우다'는 러시아 어로 '진리'라는 뜻. 〈프라우다〉는 1912년 창간되어 1991년 소비에트 연방이 해체될 때까지 공산당 기관지로서의 역할을 했다. 1993년 복간되어 현재까지도 발행되고 있다.

◆ 메이저 영감 : 마르크스

◆ 복서 : 노동 계급 혹은 민중

◆ 벤저민 : 다른 이들보다 지적이지만 아무런 행동을 하지
않는 회의주의자

◆ 클로버 : 교육을 받았으나 무기력한 중산층

◆ 필킹턴 : 미국의 루스벨트 대통령과 영국의 처칠 수상

◆ 프레더릭 : 히틀러

작품 속의 주요한 사건들 역시 실제로 있었던 사건에서 모티
프를 찾을 수 있다. 존스가 빼앗긴 농장을 되찾기 위해 이웃 농장
의 일꾼들을 데리고 쳐들어온 외양간 전투는 1918~1919년에 있
었던 연합군의 러시아 침공을, 스노볼을 따르는 동물에 대한 재
판과 학살은 모스크바 재판과 스탈린 시대에 자행된 대숙청을
가리킨다.

한편 여러 차례에 걸쳐 계속된 풍차 건설은 소비에트 연방에
서 식량난을 타개하기 위해 '신경제 정책'이라는 이름으로 실시

테헤란 회담은 1943년 미국 대통령 루스벨트(사진 가운데), 영국 수상 처칠(사진 오른쪽), 소비에트 연
방 수상 스탈린(사진 왼쪽)이 이란의 테헤란에 모여 전쟁의 협력 강화, 공동 작전 수행, 전후 처리 방향
을 논의한 회담이다.

한 자본주의적 경제 정책을 말한다. 그리고 프레더릭이 쳐들어와 풍차를 폭파시킨 풍차 전투는 1941년 제2차 세계 대전 중에 일어난 독일의 러시아 침공을 일컫는다.

돼지들과 인간들이 모여 카드놀이를 하는 마지막 장면은 1943년의 테헤란 회담을 상징한다. '돼지와 사람을 구별할 수 없었다.'고 한 것은 소비에트 연방과 서구 자본주의 국가들이 보인 행태가 별반 다를 바 없다는 것을 의미한다.

이처럼 《동물 농장》의 주요 인물과 사건은 소비에트 연방의 전개 과정과 절묘하게 맞아떨어진다. 하지만 이러한 장치는 '소비에트 연방'이라는 특정한 사회 체제만을 비판하기 위해서가 아니었다. 구체적 인물이 아니라 동물들을 등장시킨 데서 엿볼 수 있듯이, 이는 어느 사회에나 존재할 수 있는 '독재 일반'에 대한 정치 풍자를 담고 있다.

스스로를 향한 건강한 비판이 더 나은 미래를 만든다는 믿음

오웰이 본격적으로 글을 쓰기 시작한 1930년대 중반은 유럽에서 전체주의의 파고가 높아 가던 시기였다. 전체주의란 개인은 민족이나 국가의 존립과 발전을 위해 존재한다는 이념을 바탕으로 개인의 자유를 억압하는 사상을 말한다.

바로 이러한 사상적 기반 아래 이탈리아에서는 무솔리니의 파시스트당이, 독일에서는 히틀러의 나치당이 각각 정권을 장악하였다. 또 스페인에서는 인민 전선 정부를 무너뜨리려는 군부 쿠데타가 일어나는 등 국가를 앞세운 독재가 크게 세력을 떨쳤다.

제2차 세계 대전 중인 1940년 6월경에 무솔리니와 히틀러가 함께 차에 탄 모습

　오웰은 이러한 전체주의와 독재를 상대할 수 있는 유일한 사상이 바로 사회주의라 생각하였다. 사실 이것은 당시 유럽의 지식인들에게 널리 퍼져 있는 생각이었다. 그러나 오웰은 단순히 생각에만 그치지 않고, 그러한 신념을 지키기 위해 직접 행동에 나섰다.

　먼저 오웰은 아내와 함께 스페인 내전에 의용군으로 참여해 파시즘에 맞서고 사회주의의 희망을 찾고자 하였다. 하지만 거기서 본 사회주의의 모습은 그의 기대와는 거리가 멀어도 한참 멀었다. 게다가 스탈린을 추종하는 현실사회주의 세력의 배반으로 죽을 위기를 넘긴 적도 있었다.

　그가 살던 영국의 현실 또한 나을 것이 없었다. 지식인들은 적극적으로 행동하려 하지 않고 오히려 냉소나 우려만 일삼는 상황이었다. 특히 당시 영국의 좌파들은 러시아 혁명을 사회주의 실현을 앞당긴 신화처럼 여기고, 러시아가 진정한 사회주의 공화국의 모델인 양 오해했다.

　오웰은 스탈린의 집권이 그 자체로 야만적일 뿐 아니라 소비에트 연방의 실제 모습은 진정한 사회주의 이념에 어긋난 전체주의

《동물 농장》, 가까스로 햇빛을 보다

오웰은 이 작품을 1943년 11월에 쓰기 시작하여 석 달 뒤인 1944년 2월에
탈고하였다. 그런데 작품이 출간된 것은 일본의 항복으로 제2차 세계 대
전이 막을 내린 1945년 8월 17일이었다. 왜 이 작품은 탈고 후 일 년 반이
지나서야 출판될 수 있었던 것일까?

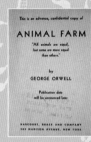

《동물 농장》 미국 초판본이
출간되기 전의 견본 도서

물론 오웰은 탈고와 함께 책을 내고 싶어 했다. 그러나 그가 접촉했던 출
판사들은 모두 책을 내는 것을 꺼렸다. 《동물 농장》이 단순한 우화가 아니
라, 일차적으로 스탈린 지배하의 소비에트 연방을 겨냥한 작품이라는 사
실이 너무도 명백했기 때문이다. 제2차 세계 대전 당시 소비에트 연방은
연합국들과 동맹 관계를 유지하고 있었으므로, 소비에트 연방을 풍자하는
작품은 자칫 동맹 관계를 크게 뒤흔들 수 있는 것이었다.

그래서 당시 영국이나 미국의 정보 기관들은 이 작품이 출판이 되지 않도
록 이런저런 압력을 가했고, 출판사들도 눈치를 보느라 선뜻 책을 내겠다고 나서기 어려운 상황이었다.
당시 상황은 출판업자가 오웰에게 보낸 편지에도 잘 나타나 있다.

> "만일 우화에 묘사한 지배층이 돼지가 아니었다면 덜 거슬렸을 것입니다. 지배층으로 돼지를
> 선택한 것은 많은 사람들, 특히 러시아 사람들처럼 약간 과민한 이들에겐 틀림없이 불쾌한 일
> 이겠지요."

에 불과하다고 여겼다. 그는 진정한 사회주의를 위해 먼저 사회주
의를 비판해 혁명의 목적이 무엇인지 돌아보게 해야 한다고 생
각했다. 눈앞에 닥친 전체주의적 미래와 지식인들의 무기력을 비
판하고 고발하기 위한 구체적인 몸짓이 바로 《동물 농장》이었다.

오웰은 사회주의자였기에 신념을 위해 목숨까지 걸었지만, 결
코 맹목적으로 사회주의에 동조하진 않았다. 다만 물렁한 민주주
의나 부패로 얼룩진 제국주의보다는 사회주의가 파시즘 확산을

막는 데 유리할 거라고 생각했다. 그는 무엇이든지 한쪽이 아니라 양면을 모두 보려는, 나아가 여러 관점에서 보려는 비판적 사고방식을 견지했다. 이렇듯 《동물 농장》에는 사회주의를 공격함으로써 사회주의를 제대로 세우려는 오웰의 깊은 생각이 담겨 있다.

절대 권력 있는 곳에 부패가 있다

오웰은 《동물 농장》을 통해 궁극적으로는 '독재'와 '변질된 혁명' 대해 이야기하고자 했다. 그러나 작품 속 상황이 소비에트 연방의 상황과 거의 일치한 탓에 의도와는 다르게 해석되었다.

종전 이후 형성된 냉전 체제로 《동물 농장》에 대한 평가는 급변했다. 이 작품이 사회주의를 비판하고 풍자하는 소설로 해석되는 바람에 미국과 영국에서 날개 돋친 듯 팔려 나가는 우스꽝스런 사태가 벌어졌던 것이다.

우리나라에서도 그동안 이 작품을 공산주의를 비판한 우화쯤

표지에서부터 책을 펴낸 의도가 드러나는 반공 소설

으로 해석하는 경향이 뚜렷했다. 그래서 명백한 사회주의자인 조지 오웰을 오랫동안 '반공 작가'로 분류해 왔으며, 그의 대표작인 《동물 농장》과 《1984》는 이른바 '반공 소설'로 분류되어 학생들의 필독서 목록에 들어가 있었다.

하지만 이는 어느 한 면만 크게 부각시켜 우리 입맛대로 해석한 것일 뿐, 작품의 진정한 가치와는 거리가 멀어도 한참 멀다. 오웰이 이 작품을 쓴 진정한 이유는 사회주의 사회든 자본주의 사회든 전체주의나 절대 권력은 부패하게 마련이고,

결국엔 인간성까지 파괴하고 만다는 역사적 진리를 일깨우기 위함이었다. 그런 점에서 본다면 이 작품은 스탈린 치하의 소비에트 연방뿐만 아니라 '반공'을 국가의 으뜸 과제로 내걸었던 군부 독재 치하의 한국 상황에도 딱 들어맞는다.

오웰은 절대 권력이 있는 곳이면 어디에나 부패가 있다는 사실을 구체적이고 체계적으로 폭로한다. 그는 돼지들이 어떻게 인간과 똑같은 길을 걷게 되는지를 차근차근 보여 주면서 전체주의가 확립되어 가는 과정을 드러낸다.

나폴레옹은 정적을 반사회적인 세력으로 몰아간다. 조금이라도 이상한 낌새를 보이는 동물들은 쫓겨나거나 죽임을 당하고, 말없이 충성하고 희생한 동물들은 죽음 이후까지도 이용을 당하며, 현실이 어떻게 돌아가는지 알고 있는 몇몇 동물들은 침묵한다. 이렇게 해서 '돼지'만을 위한 세상이 완성된다.

결국 대중은 그들 자신을 위해 혁명을 일으켰지만, 정작 현실은 그들이 수혜자가 아니라 희생자가 되는 아이러니한 상황이 되고 만다. 그래서 오웰은 이렇게 말했다.

대중이 깨어 있고 혁명이 완수되자마자 자신의 지도자들을 축출하는 방법을 알고 있을 때에만 혁명이 근본적인 진보에 영향을 준다.

혁명이 성공하는 것도 중요하지만, 그보다 더 중요한 것은 혁명이 성공한 뒤에 일어나는 일들이다. 혁명이 모든 것을 희생하면서도 권력자에게 기만당하고 위협받는 국민 대다수의 삶을 개선시키지 못한다면, 이는 혁명이 아니라 또 하나의 반동이며 독재일 뿐이다. 그런데 혁명의 과실은 시나브로 권력자의 손아귀로 들어가고 있었으니, 오웰이 어찌 이를 모른 척할 수 있었겠는가?

전체주의 사회에 대한 암울한 예언, 《1984》

《1984》 속의 유명한 문장 '빅 브라더가 당신을 지켜보고 있다.' 이 말은 단지 소설 속 전체주의 사회인 오세아니아에만 국한되지 않는다.

《1984》는 《동물 농장》과 함께 조지 오웰을 세계적인 작가의 반열에 오르게 한 작품으로, 그가 아내를 잃은 후 지병인 폐결핵과 가난으로 고통스러운 나날을 보내는 악조건 속에서 완성되었다. 그래서인지 작품의 분위기가 전반적으로 암울하다. 이 작품은 1984년을 전체주의가 극도화된 사회로 상정하고 쓴 미래 소설로, 작품의 제목인 1984는 작가가 작품을 탈고한 1948년의 뒷자리 연도를 뒤집은 것이다.

작품의 무대인 오세아니아는 극단적인 전체주의 국가이다. 오세아니아의 절대 권력인 '당'은 허구적 인물인 빅 브라더를 내세워 독재 권력의 극대화를 꾀하는 한편, 텔레스크린과 사상 경찰 등을 이용하여 당원들의 사생활을 철저하게 감시한다. 또 당원들의 사상적인 통제를 위해 과거의 사실을 날조하고, 새로운 언어인 신어를 창조하여 생각과 행동을 속박한다.

주인공 윈스턴 스미스는 이런 당의 통제에 반발을 느끼고 저항을 꾀한다. 그러나 동지라 믿었던 오브라이언의 함정에 빠져 사상 경찰에 체포되고, 혹독한 고문 끝에 존재하지도 않는 인물 '골드스타인'을 만났다고 자백한다. 결국 당이 원하는 것을 아무런 저항 없이 받아들이는 무기력한 인간으로 전락한 후 총살형을 기다린다.

이처럼 《1984》는 전체주의라는 거대한 지배 체제 앞에 놓인 한 개인이 저항하다가 파멸해 가는 과정을 적나라게 보여 주는 소설이다. 당시 비평가들은 이 작품을 전체주의를 비판하면서 미래를 예언하는 최고의 소설이라고 평가했다. 또 작품 속에 등장하는 '빅 브라더(독재 정권의 지도자, 독재자)', '오웰리즘(선전 목적을 위한 사실의 조작과 왜곡)', '오웰리언(조직화되어 인간성을 잃은)' 등의 용어가 사전에 등재될 정도로 파급력을 가졌다.

이 작품에서 영감을 얻어 수많은 예술 작품들이 탄생했다. 대표적인 작품이 1971년 스탠리 큐브릭 감독의 영화 〈시계 태엽 오렌지〉, 1985년 테리 길리엄 감독의 영화 〈브라질〉, 2002년 커트 위머 감독의 〈이퀼리브리엄〉 등이다. 또 일본의 대표적인 소설가 무라카미 하루키는 《1984》를 모티브로, 마치 '빅 브라더'를 연상시키는 '리틀 피플'이라는 가상의 존재가 등장하는 소설 《1Q84》를 발표했다.

1949년에 출간된 《1984》의 영국 초판본

이젠 금지를 금하라

동물 농장에는 반란 직후부터 금지가 존재한다. 바로 일곱 계명이다. 일곱 계명 모두 '~해서는 안 된다.'라고 선언하지 않았는가? 그것은 인간과 동물을 구별하기 위한 것이고, 동물들의 단결을 위한 것이며, 모두가 평등한 동물 세상을 위한 것이다. 그렇기에 누구나 다 수긍할 수 있는 금지이다.

그러나 차츰 지배자 돼지들이 동물을 착취하고 억압하면서, 저항을 막기 위한 새로운 금지가 행해진다. 그 대표적인 사건이 반란 당시 동물들이 불렀던 노래 〈영국의 동물들〉을 금지시킨 일이다.

나폴레옹은 반란이 완성되었기 때문에 〈영국의 동물들〉을 더 이상 부를 필요가 없다고 선언한다. 하지만 그 속에 숨겨진 진짜 이유는 동물들이 하나로 뭉치는 것을 막기 위해서이다. 인간이 그랬던 것처럼 자신들이 동물들을 착취하고 있기에, 또다시 동물들이 단결하여 반란을 일으킬까 봐 두려워하는 것이다. 이처럼 많은 금지에는 강요하는 자들의 음흉한 속셈이 숨어 있다.

우리나라도 군사 정권 시절에 숱한 금지가 있었다. 그 대표적인 예가 금지곡이었다. 금지곡으로 낙인찍히면 방송에 나올 수도, 공개적인 자리에서 부를 수도 없었다. 특별한 기준이 있는 것도 아니었다. 가사에 현실 비판적인 내용이 담겨 있다는 이유로, 창법이

1975년 금지곡으로 지정된 〈아침 이슬〉. '태양은 묘지 위에 붉게 타오르고'라는 가사가 불온하다는 이유였다. 이후 민주화를 염원하는 시위 현장에서 가장 많이 불리는 대중가요가 되었다. 아이러니하게도 이 노래는 1971년에 정부가 건전 가요로 선정하였던 곡이다.

북한을 미화했다는 혐의로 국가보안법 위반 죄가 적용되어 금서로 지정됐던 《태백산맥》(전10권). 1992년 대검찰청은 '학생이나 노동자가 읽으면 위법, 일반 독자가 교양으로 읽으면 무관하다.'라는 애매한 발표를 해 사회적 물의를 빚었다.

저속하다는 이유로, 불신을 조장한다는 이유로, 노래를 부르며 하는 손짓이 수상하다는 이유 등 말도 안 되는 이유들로 금지되었다.

노래를 금지시킬 정도라면 다른 것은 더 말해 무엇하겠는가? 부패한 권력자들이 가장 두려워하는 것은 책이다. 책이야말로 사람의 생각을 깨우치는 가장 훌륭한 수단이기 때문이다. 그래서 압제자들은 자기 마음에 들지 않거나 통치에 방해가 되는 책에는 '불온서적'이라는 딱지를 붙여 사람들의 접근을 막아 왔다.

일찍이 중국 진나라의 시황제는 법가 통치를 확고히 하기 위해 유교 서적을 불태우고, 유학자들을 생매장하는 악행을 서슴지 않았다. 또 로마의 칼리굴라 황제도 호메로스의 서사시 《일리아스》와 《오디세이아》가 황제 체제에 반대하는 사상을 전파시킨다며 금서로 지정하기도 하였다. 기독교 사상이 정신세계를 지배하던 중세 유럽에서는 신의 권위를 비판하는 책들은 '이단서(異端書)'라는 이름으로 금서가 되었다. 토머스 모어의 《유토피아》는 사유 재산 부정과 여섯 시간 노동이라는 파격적 주장을 담았다 하여 금서가 되었다. 지동설을 주장한 코페르니쿠스와 갈릴레이의 책, 칸트의 비판 철학 관련 서적 등 세계사의 흐름을 바꿔 놓은 주요한 저술들도 금서 목록에 올랐다.

18세기 이후에는 근대 시민 사상이 담긴 책들이 금서로 지정되었으며, 현대에는 국가 권력이 한 사람에게 집중된 나라에서 금서가 많아졌다. 이탈리아와 독일에서는 전체주의 체제를 비판하는 책들을 금서로 지정했으며, 제2차 세계 대전 이후에는 자

군인들이 읽으면 안 되는 책이 있다고?

사회가 발전할수록 금서는 사라지는 추세이다. 요즘에는 사상적 · 도덕적으로 불온하다는 이유로 금서로 지정되었던 책들이 '정말로 금지되어야 하는 책인가?'를 놓고 많은 논의와 토론, 법적인 해석을 거듭한 끝에 '금서'라는 족쇄에서 해방되고 있다.

케임브리지 대학 교수인 장하준이 쓴 《나쁜 사마리아인들》

그런데 2008년 국방부는 시중에 판매되고 있는 책 중 장병의 정신 교육에 부적합하다고 판단되는 스물세 권을 불온서적으로 지정했다. 불온서적은 금서 중에서도 특히 사상적 이유로 금지된 책을 가리킨다. 국방부가 불온서적으로 선정한 목록에는 한 방송사의 책 읽기 캠페인에 선정되어 이미 스테디셀러로 자리 잡은 《지상에 숟가락 하나》도 있고, 시사 주간지에 연재된 것을 묶은 《대한민국史》, 2007년에 이미 십만 부가 팔린 《나쁜 사마리아인들》, 세계적인 석학 노엄 촘스키의 《미국이 진정으로 원하는 것》 등이 포함되어 논란이 일었다.

국방부에서 불온서적 목록을 발표한 이후 서점들은 불온서적 목록 자체로, 해당 도서의 출판사들은 '불온서적'을 강조하는 방법으로 다양한 마케팅 활동을 전개하였다.

이 목록이 발표되자 서점들은 '국방부 선정 불온서적 23선'이라는 제목으로 다양한 판매 이벤트를 전개하였고, 목록에 포함된 책들 중 일부는 판매량이 최고 구십 배까지 급격하게 증가하기도 하였다.

이후 저자와 출판사들은 '금서 조치가 헌법이 금지한 검열 행위로서 언론 출판의 자유를 침해한 것이 아닌가?'라는 내용으로 헌법 소원을 제기했다. 또 군 법무관 일곱 명은 국방부가 불온서적 목록을 지정한 것은 학문의 자유 등 기본권을 침해한다며 헌법 소원을 냈다.

2010년 10월, 마침내 헌법 재판소가 이 사항에 대해 결정을 내렸다. "해당 조항은 군의 정신 전력을 보호하기 위한 것으로 목적의 정당성이 인정된다."는 합헌 결정이었다. 하지만 그 결정은 논란을 종결시키지 못하고 오히려 더 큰 논쟁을 불러일으켰다.

본주의와 공산주의의 이념 대립이 심화되면서 금서의 폭이 더욱 확대되었다.

우리나라도 이처럼 '불온서적'을 지정하여 발간이나 판매를 금지한 사례가 적지 않았다. 특히 군사 정권 시절에는 상당수의 책들이 금서로 지정되었다. 김지하 시인의 〈오적〉, 박노해의 《노동의 새벽》뿐만 아니라 지금은 대학생의 필독서가 된 《태백산맥》이나 《전태일 평전》 등이 금서의 목록에 있었다. 2008년에도 국방부에서 스물세 권의 책을 불온서적으로 지정하여 군인들이 읽는 것을 금지시킨 웃지 못할 사례가 있다.

인류 역사의 중요한 시기에 변화와 발전의 불씨가 된 것이 바로 책이다. 그런 점에서 부패한 권력자들이 금서를 지정하는 것은 당연한 일일 수도 있다. 그러나 금지하는 순간 권력자의 검은 속셈은 드러나고, 그것을 영리하게 눈치챈 대중은 더욱 금서를 찾아 그 속에 담긴 깊은 의미를 통해 현실을 바라본다. 금서가 오히려 베스트셀러가 되고, 나중에는 고전의 반열에 오르는 사실이 그것을 증명한다.

혁명은 과거 완료형이 아니라 현재 진행형이다

돼지 나폴레옹이 충실히 연기한 스탈린은 죽은 지 오래이고, 소비에트 연방 체제가 무너진 이후 이십 년이 흘렀다. 《동물 농장》이 출간된 지도 벌써 칠십 년이 다 되어 간다. 그런데도 이 작품이 여전히 즐겨 읽히는 까닭은 무엇일까? 그것은 이 작품에 담긴 사회의 모습과 지배 과정이 아직도 의미가 있기 때문일 것이다.

동물들이 돼지들의 행동을 처음으로 의아하게 여기기 시작한 사건이 사과와 우유가 사라졌던 일이다. 스퀼러는 이렇게 여론을 만들어 낸다.

　　우유를 마시고 사과를 먹는 것은 한마디로 여러분을 위해서인 것이지요. 만약 우리가 이 같은 의무를 수행할 수 없게 된다면, 어떠한 사태가 일어날지 상상이나 해 보았습니까? 존스가 돌아오는 겁니다! 그래요, 존스가 다시 돌아온단 말이지요! 동무들, 그건 틀림없는 사실입니다.

　　여론 조작은 권력자들이 국민들의 지지를 받지 못하고 합리적인 방법으로 설득하지 못할 때 흔히 쓰는 방법이다. 국민들의 요구는 커다란 역효과를 불러온다거나, 그래 봤자 아무 소용이 없다는 식으로 몰아가는 것이다. 그래도 안 되면 존스 같은 외부의 적을 끌어들여 공포 분위기를 조성하고 움츠러들게 만든다.

　　오늘날 민주 국가라고 말하는 나라들은 하나같이 언론의 자유를 헌법에 명문화하고 있다. 게다가 셀 수 없이 다양한 신문과 방송 매체가 존재하여 언론의 자유가 충분히 보장되는 것처럼 보인다. 그럼에도 불구하고 제대로 된 언론이 존재하는지, 그 자유가 지켜지고 있는지에 대한 논란은 끊이지 않는다. 언론 매체 역시 영리를 추구하는 기업이므로 지배 권력에 맞서려 하지 않으며, 광고를 좌지우지하는 기업에게 불리한 보도도 꺼리기 때문이다.

군사 독재 시절 군부의 언론 장악을 상징적으로 보여 주는 '땡전 뉴스'. 저녁 9시 뉴스가 시작하자마자 필수적으로 '전두환 대통령은 오늘……'로 시작하는 뉴스를 내보냈기 때문에 붙여진 이름이었다.

　　언론이 제구실을 못하면, 여론 조작

2008년에 서울 청계천 광장에서 열린 미국산 쇠고기 수입 반대 촛불 집회의 모습

은 그리 어렵지 않다. 스퀼러가 그러했듯이, 언론이 알아서 조작에 나서 주기 때문에 권력자는 팔짱 끼고 앉아서 강 건너 불구경하듯 지켜보고만 있으면 되는 것이다. 그래도 지배 권력을 따르지 않는 세력에는 경찰이나 군대를 동원한다.

가깝게는 우리 현대사에도 여론 조작과 공포 정치가 행해지던 시절이 있었다. 1950년대 이승만의 자유당 정권은 언론을 탄압하고 경찰과 정치 깡패를 동원하여 공포 분위기를 조성하였다. 이런 식으로 정권을 유지하다가 마침내 시민과 학생들이 앞장선 4·19 혁명에 무너진 바 있다.

또 군사 쿠데타로 권력을 잡은 박정희는 중앙정보부를 동원하여 언론을 탄압하고, 유신 헌법을 만들어 장기 집권을 꾀하다 부하의 총탄에 맞아 세상을 떠났다. 그 뒤를 이었던 전두환 군사 정권도 언론사를 제멋대로 주물럭거리며 국민의 눈과 귀를 어지럽히고, 깨어 있는 사람들은 감옥으로 몰아넣었다. 그러나 그 자신도 결국은 감옥행을 면할 수 없었다.

인간이 인간을 지배하는 사회, 특히 권력자가 부패하여 국민의 지지를 받지 못하는 사회에서는 속임수와 겁주기, 감시가 국민을 이끄는 주요한 방식이다. 이런 일이 다시는 되풀이되지 않게 하려면 어떻게 해야 할까?

가장 쉽게 할 수 있는 일은 우리 스스로 언론이 되는 것이다. 바른 길을 걸으려는 신문이나 방송을 응원할 수도 있고, 블로그나 페이스북, 트위터 등을 이용하여 진실의 전파자가 될 수도 있다. 경찰이나 군대 같은 공권력은 어떻게 하느냐고? 그들은 권력자의 명령을 따르지만, 국민들이 등을 돌린 권력자를 위해 맹목적으로 충성을 하지는 않는다. 그들도 역시 국민의 한 사람이기 때문이다.

열쇠는 주인인 우리가 쥐고 있다. 우리가 눈을 부릅떠 감춰진 진실을 찾고, 부당한 권력에 맞서 힘을 모은다면, 어떤 권력자도 국민을 가벼이 여기지 못한다. 우리는 세계의 역사뿐만 아니라 우리나라의 역사에서도 부당한 권력에 맞서 국민들이 승리한 일들을 숱하게 확인했다.

그것은 과거의 일이 아니라 현재에도 끊임없이 진행되고 있으며, 미래에도 일어날 수 있는 일이다. 2011년 튀니지와 이집트에서 국민들이 혁명을 일으켜 독재자를 몰아낸 장면을 보지 않았는가. 우리 헌법 제1조에 '대한민국의 주권은 국민에게 있고, 모든 권력은 국민으로부터 나온다.'는 구절이 있음을 잊지 말자.

온몸으로 부딪혀 경험하고 글을 쓰다

조지 오웰은 1903년 6월 25일 당시 영국의 식민지였던 인도 벵골 주 모티하리에서 태어났다. 본명은 에릭 아서 블레어. 아버지

가난한 생활을 벗어날 수 없었으면서도 평생 글을 쓰고 살겠다는 신념을 버리지 않은 조지 오웰

는 아편 전매청 소속 공무원이었는데, 오웰은 제국주의 영국의 식민지 관료였던 아버지와 평생 동안 불편한 관계를 유지했다.

두 살 때 어머니와 함께 영국으로 건너온 오웰은 어려서부터 독서를 즐기는 내성적인 성격이었다. 여덟 살 때 사립 예비 학교에 들어갔으나, 이곳에서 상류층 아이들과의 심한 차별을 맛보며 우울한 소년 시절을 보냈다.

1917년, 유명한 사립 학교인 이튼 스쿨에 장학생으로 입학하였다. 그러나 그곳에서도 역시 계급 차이를 뼈저리게 실감하며 학업에 흥미를 느끼지 못했고 성적이 나빠 대학에는 진학할 수 없었다. 1922년부터 미얀마(버마)에서 대영제국 경찰로 근무했다. 그러나 인간이 인간을 지배하는 것에 대한 혐오와 식민지 경찰이라는 직업에 회의를 느껴 1927년에 그만두었다.

이어 본격적으로 글을 쓰며 살겠다는 결심을 하고 파리로 건너갔다. 안정된 일자리를 구하지 못한 탓에 한동안 노숙자와 접시닦이 등을 하며 밑바닥 생활을 뼈저리게 경험하였다. 다시 런던에서 초등학교 교사, 서점 점원 등으로 일하면서 영국 노동자들의 삶에 관한 조사 활동에 참여했다. 이를 토대로 한 작품이 1933년에 발표한 첫 르포르타주《파리와 런던의 밑바닥 생활》이었다.

이때 처음으로 '조지 오웰'이라는 필명을 사용하였는데, 이는 가장 영국적인 이름 '조지'와 부모님 댁 근처에 있는 '오웰' 강에서 따온 것이었다. 이후 여러 직업을 전전하며 꾸준히 소설과 서평,

에세이를 발표했다. 오웰은 우리에게는 소설가로 매우 유명하지만, 사실 그의 재능은 오히려 에세이 쪽에서 더 잘 발휘되었다.

그 대표적인 작품이 아내와 함께 스페인 내전에 의용군으로 참가했던 체험을 기록한《카탈로니아 찬가》(1938)이다. 오웰의 뛰어난 통찰력이 유감없이 발휘된 이 작품은 스페인 내전에 관한 가장 신뢰할 만한 보도 문학으로 평가받는다.

또 르포르타주《위건 부두로 가는 길》에서는 영국 북부 탄광 지대에서 겪은 생생한 체험을 바탕으로 탄광 노동자들과 실업자 가정의 처참한 현실을 고발하였다. 이 작품에는 당시 사회주의 운동을 이끌던 지식인들을 향한 통렬한 비판이 담겨 있다.

제2차 세계 대전 직후에 발표한 정치 우화 소설《동물 농장》은 그에게 커다란 명성을 가져다주었다. 그러나 그해 사랑하던 아내를 잃고, 자신도 지병인 폐결핵이 악화되는 바람에 병원 신세를 지게 되었다.

그러한 와중에도 작품 활동을 계속하여 1949년에는 소설《1984》를 출간했다.《1984》는 전체주의라는 거대한 지배 시스템의 실체를 적나라하게 보여 주는 작품이다. 오웰은 이 작품을 통해 20세기 최고의 작가로 우뚝 설 수 있었다. 하지만 날로 악화되는 병을 이기지 못하고, 이듬해인 1950년 1월 21일, 마흔여섯 살의 이른 나이로 숨을 거두었다.

오웰은 지난 1999년 영국 BBC 방송이 조사한 '지난 천 년간 최고의 작가' 부문에서 셰익스피어, 제인 오스틴에 이어 3위에 선정되었다.

오웰의 묘비에는 '에릭 아서 블레어, 여기 잠들다.'라는 단순한 묘비명이 적혀 있다. 자신의 유명한 필명인 '조지 오웰'에 대한 언급은 단 한 줄도 없다.

푸 른 숲
징 검 다 리
클 래 식
0 3 2

동물 농장

첫판 1쇄 펴낸날 2011년 3월 31일
28쇄 펴낸날 2024년 10월 31일

지은이 조지 오웰 **옮긴이** 김욱동
발행인 조한나
주니어 본부장 박창희
편집 박진홍 정예림 강민영
디자인 전윤정 김혜은
마케팅 김인진
회계 양여진 김주연

펴낸곳 (주)도서출판 푸른숲
출판등록 2003년 12월 17일 제2003-000032호
주소 경기도 파주시 심학산로 10, 우편번호 10881
전화 031) 955-9010 **팩스** 031) 955-9009
이메일 psoopjr@prunsoop.co.kr **인스타그램** @psoopjr
홈페이지 www.prunsoop.co.kr

ⓒ푸른숲주니어, 2011
ISBN 978-89-7184-914-9 44840
978-89-7184-464-9 (세트)